10
Author
進行諸島
Illustration
風花風花
転生賢者の異世界ライフ
～第二の職業を得て、世界最強になりました～

木さえあれば
窮屈でも大丈夫だよ～
……え？

なに、この島!?
本当に木が一本もない!?

この若い人、強いと思うんだけどなぁ……
なぁ、ベルド爺さんはどう思う?
立ち寄ったギルドの受付のお婆さんは
そう言って奥にいたお爺さんに尋ねた。

強い!!

……え？
ユージ——テイマー、ユージ？
……人の姿をした、悪魔。
デクレンの森で出会った
謎の存在
レイス

…やっとみつけた。
ずっと探してた人。

Tensei Kenja no Isekai life

contents

転生賢者の異世界ライフ
～第二の職業を得て、世界最強になりました～

転生賢者の異世界ライフ

～第二の職業を得て、世界最強になりました～

10

Author
進行諸島

Illustration
風花風花

Tensei Kenja
no Isekai life

第一章

chapter 01

Tensei Kenja no Isekai life

『スライム、スラバード、無事《ぶじ》か？』

俺《おれ》はそう尋ねながら、『感覚共有』でスラバードたちの視界を確認する。

その視界は一面、炎で覆《おお》い尽くされていた。

そして……。


『だいじょぶー！』

『だいじょぶ～！』


通信魔法から、スラバードたちの声が聞こえた。

事前にできる限り高度を上げていたかいあって、スラバードたちが巻き込まれることはなかったようだ。

俺はその様子を確認しつつ、魔法を発動する。

『魔法転送——対物理結界』
『魔法転送——断熱結界』

発動した結界は、上空にいたスライムたちを覆う。

『ゆーじ、どうしたの～？』
『とじこめられたー！』

飛んでこちらへ戻ろうとしていたスラバードが、驚いたような声を上げた。
魔物相手などの場合、結界魔法は敵を閉じ込めるような形で使うことが多いので、スライムたちを直接的に結界で覆うことは少ないんだよな。
だが、今はこれが必要だ。

『しばらく、結界の中に隠れておいてくれ。今から上空に熱い空気が押し寄せて、危なくなるかもしれない』

熱せられた空気は、上に向かって移動する。

今スラバードたちが無事でも、時間とともにスラバードたちのいる高度まで熱風が届かないとも限らない。

スラバードが焼き鳥にならないように、しばらくは結界の中にいてもらったほうがいいだろう。

打撃などの物理攻撃には強いスライムも、熱に対しては別に強くないみたいだしな。

『わかったー！』

そう言ってスラバードは結界に着地し、羽を休め始めた。

そんな話をしているうちに、『終焉《しゅうえん》の業火《ごうか》』による炎が鎮火《ちんか》し始めたようだ。

普通、山火事などは何日も続くと聞くのだが……『終焉の業火』が長く燃え続けるところは見たことがない。

恐らく、燃えるものをあっという間に燃やし尽くしてしまうんだろうな。

ただ、この島の木々《きぎ》は燃えにくかったような気がするのだが……どうなっているだろう。

そう考えつつ、俺は煙《けむり》が風によって吹き散らされていくのを見守る。

爆熱によって生まれた温度差と気圧差《きあつさ》、それによって生まれた上昇気流はあっという間に煙を吹き飛ばし……真《ま》っ白《しろ》くなった島が、姿を現した。

『島、まっしろになってるー！』

『葉っぱ、なくなっちゃったー！』

魔法の発動前は緑に覆われていた島は、ほとんど全域にわたって、完全な白色に染まっていた。

まるで、雪でも積もったかのような様子だが……この白は、恐らく灰だろう。

そんな島の中に、1箇所だけ白くなっていない場所があった。

変異種によって埋め尽くされていた、例の場所だ。

あそこだけは植物が生えていなかったので、灰の量が少なかったのかもしれない。

『……すさまじい環境破壊だな……』

たった1発の魔法で、島を覆い尽くしていた森が全《すべ》て灰に変わったのだ。

今の一撃で、どれだけの量の二酸化炭素が発生したか……恐らく前世の世界だったら、環境保護団体か何かが抗議活動を始めたことだろう。

などと思案していると、さらなる環境破壊が起こった。


『こんどは、あおくなったー⁉』

『波だー！』


海からきた巨大な波が、島を洗い流し始めたのだ。

恐らく『終焉の業火』が海を蒸発させ、島の周囲の海面だけが急に低くなったのだろう。

その高低差を埋めるように周囲から水が流れ込み、そのままの勢いで島に押し寄せたというわけだ。


灰だらけの島を洗い流した水は白く染まり、その水が海に戻っていく。

島の周囲の海も、島と同じ白色に染まった。

生態系がどうとかは……もはや考えても仕方ないレベルだな。

水質汚染で死ぬような魚は、すでに煮魚か焼き魚になっているだろうし。

などと下らないことを考えつつ、俺はスラバードたちを安全に退避させる方法を考え始める。

今のところは大丈夫《だいじょうぶ》そうだが、いつまでも狭い結界の中に閉じ込めているわけにもいかないしな。


『魔法転送──放水』

『魔法転送──範囲凍結・中』


俺は2つの魔法を組み合わせて、結界の外側に氷を作った。

氷は周囲の熱によって、あっという間に溶けていく。


『ゆーじ、なにしてるのー?』

『周囲の温度を調べてるんだ。氷の溶ける速度で、周囲の温度が推定できる』

『うん～?』

どうやらスライムたちはよく分かっていないようだ。

スライムたちは、理科とかを習っていないだろうからな……。

『氷がゆっくり溶けるようになるまで、しばらく待っていてくれ。……氷が早く溶けるうちは、まだ危ないってことだ』

『わかったー！』

……できれば島の様子をしっかり見ていきたかったところだが、この様子だとすぐ島に近づかせるのは危なそうだな。

大きい物は、冷えるのに時間がかかる。まして島全体ともなると、数時間では話にならないだろう。

スラバードたちのいる上空は、もうだんだんと冷えつつある感じだが……島本体に降りさせるわけにはいかないな。

いっそ氷属性適正を持ったスライムに『永久凍土の呪詛《じゅそ》』でも転送して、島ごと冷やしてしまうという手もなくはないが……それはそれで、余計な環境破壊になってしまいそうな気がする。

今さら環境がどうとか言っても仕方がないのだが、あの規模の魔法をもう1発となるとどんな影響があるか分からないし、余計な手を出さないで放っておくほうがいいかもしれない。

◇

「あ、あの光は一体なんだ……？」

「イビルドミナス島の方角だ！」

俺がスラバードの安全を確保している頃《ころ》、甲板《かんぱん》に出ていた冒険者たちが遠くの空を見て、そう呟《つぶや》いた。

どうやら冒険者たちも、炎に気付いたようだ。

そして……最初の冒険者が炎に気付いてから数秒後。

地響きのような重い轟音《ごうおん》が、島の方から聞こえた。

「あの音といい……まさか噴火か？」

「おいおい、いつからイビルドミナスは火山島になったんだ？」

音を聞いた冒険者たちが、島の方を見てそう話す。

この距離では島そのものは見えないが、遠くの空が赤く染まっていることは、今の場所からでも容易に確認できた。

「さっきの音は一体なんだ⁉」

「爆発《ばくはつ》でも起きたのか……？」

「いや……違うな。向こうの空を見てみろ」

轟音を聞いて、船の中にいた冒険者たちも甲板に出てきたようだ。

そして彼らは赤く染まった空を指して、その原因について話し始める。

「あれは……炎か？　噴火や山火事にしては綺麗《きれい》すぎるな」

「ああ。もし噴火や山火事だったら、炎よりもむしろ煙が目立つはずだ。そもそもイビルドミナスの木は燃えにくすぎて、山火事なんて起きない。しかし、こんなに綺麗な炎となると……」

そう言ってブレイザーが、下を向いて考え込む。

少しの間が空いて……冒険者は呟いた。

「うん。分からん。見当もつかないな」

「綺麗な炎っていったら、炎魔法とかじゃないか？」

「おいおい、イビルドミナスまで何キロあると思ってるんだ？　ここからでも確認できる炎なんて、攻撃魔法何万発分になるのか……そんな魔法、知ってるか？」

冒険者の１人が、魔法使いにそう尋ねる。

聞かれた魔法使いは、呆《あき》れ顔で即答する。

「あるわけないだろ……」

「だよな。ってことは……あの炎は一体なんだ？」

「知らん。魔法使いじゃなくて、学者にでも聞いてくれ」

「……あんな炎について聞かれても、学者だって困るだろうけどな」

そう話しているうちに、強化版『終焉の業火』は鎮火して、空は元の色に戻った。

しかし……『終焉の業火』の痕跡《こんせき》は、確かにここからでも確認できた。

空に浮かんだ雲が、島の場所だけぽっかりと消滅していたのだ。

「炎が消えたみたいだぞ」

「この鎮火の早さ……やっぱり炎魔法じゃないか？」

冒険者たちは空を見ながら、口々に炎の正体について話し始める。

そんな中……1人の冒険者が、ふと俺の方を見て呟いた。
というか、ブレイザーだ。

「もしかして、ユージの魔法じゃないか？」

……随分《ずいぶん》とカンがいいな。
気付いたのには、俺のパーティーのリーダーだったという理由もあるのかもしれないが……。
まあ、今回に関してはごまかすのも簡単だ。
なにしろ、アリバイがあるからな。

「俺はここにいるのに、どうやって魔法を使うんだ……？」

「確かに、そうだな。ユージならあり得るかもしれないと思ったが、ここにいたんじゃ無理か」

「ああ。……島にいても無理だけどな」

どうやら、うまくごまかせたようだ。

俺は『魔法転送』についてはブレイザーたちにも話していない。

元々は『救済の蒼月《そうげつ》』などに手の内を明かさない目的で隠していたのだが……こんなところで役に立つとはな。

そう胸を撫《な》で下ろしていると、様子を見に来た支部長が口を開いた。

「教会から警告があったのは、このことだったのか……？」

「教会？」

……どうやら避難してきた冒険者たちは、まだシュタイル司祭からの手紙の話を聞いていないようだ。

話すタイミングもなかっただろうし、当然といえば当然か。

そう考えていると、支部長が口を開く。

「お前たちが逃げてきた時、普段は来ないタイミングで船が来ただろう？」

「ああ。島の中で何度か爆発が起きたから、それを察知して助けに来てくれたんだと思ってたが……よく考えてみると、爆発のことを知ってから船を出したんじゃ、あのタイミングには間に合わないな」

「ああ。それでも助けに行けた理由が、教会からの手紙だ。……島が聖なる炎に浄化されるから、それまでに逃げろとな」

「まさか……教会は、今日起きることを知っていたのか？」

「そこまでは分からないが……教会の中には、神託《しんたく》を受けて未来を予知する力を持つ神官もいるという話だ。可能性はある」

神託の話って、一般人にも伝わってるんだな。

まあ、今回シュタイル司祭が受けた神託は、恐らく別のものなのだが。

シュタイル司祭が手紙に書いたお告《つ》げは、嘘《うそ》っぱちだし。

「なるほど……まさかあの炎が、神の炎だったとは……」

「神が魔法を使うなんて、神話の中の話だけだと思ってたぜ」

「魔物の変異は、これの前触《まえぶ》れだったのかもしれないな……」

「俺たちを助けてくれた氷の足場といい、神が俺たちを助けてくれたのか……」

うん。完璧《かんぺき》にごまかせたみたいだ。

シュタイル司祭の手紙は、素晴《すば》らしい働きをしてくれた。

濡《ぬ》れ衣《ぎぬ》を押しつけられた神には申し訳ないが、まあ神託もでっち上げに賛成みたいな感じだったので、問題はないのだろう。多分。

「それで……俺たちはどうすればいいんだ？」

「司祭の手紙には、避難しろとだけ書いてあった。その後でどうするかまでは分からないが……今回の件は、あまりにもイレギュラーすぎる。島の港が無事かも分からないし、一旦《いったん》はクルジア港に戻って、その後で偵察隊を編成すべきだろうな」

「確かに、イビルドミナス島の港の状況が分からないと、上陸するだけで一苦労か……せめて『地母神《ちぼしん》の涙』が無事ならいいんだが」

「『地母神の涙』は鉱石みたいなものだから、炎ではビクともしなかったはずだ。……あの炎がよっぽど特殊とかでもなければ、燃えて消えるようなことはないだろう」

「そうだといいんだが……まあ、ユージたちが持ってきてくれた『地母神の涙』のおかげで、しばらく供給が止まっても王国はやっていける。ユージ様々だな」

そんな話をしているうちに、スラバードたちのところにある氷が溶けるペースは随分とゆっくりになってきた。

そろそろ外も安全だと見てよさそうだな。

『よし、今から結界を解除する。高度を落とさずに、島から離れてくれ』

『わかったー！』


そう言ってスラバードたちは、俺達の船の方に向かって飛び始めた。

とりあえず、大量の魔物が島に溢《あふ》れ出す事態は防《ふせ》げたようだ。

これから島がどうなるのかは……ちゃんと様子を見に来る必要がありそうだが。

◇

翌日。

俺はクルジアの街で、イビルドミナス島の偵察をどうするかについて考えていた。

島への連絡船は現在、運行を停止している。

いくら国の方針として止めたくない船であっても、船がつく港すらどんな状況か分からない今、船を出すわけにもいかないのだろう。

港以外にも、懸案《けんあん》事項はいくらでもある。

島の中に魔物がいるかどうかも分からないし、そもそも呪《のろ》いがあの『終焉の業火』で消えたかどうかも分からない。

あの時点で島にいた魔物は恐らく全滅しただろうが、その後で魔物が発生していない保証はないのだ。

下手《へた》をすると、元々あった生態系が破壊されたことによって、逆に呪いの魔物が繁栄しているような可能性まである。

『終焉の業火』が撒《ま》き散らした大量の魔力が、呪いに取り込まれている可能性すら否定はできないのだ。


スラバードで航空偵察するか、プラウド・ウルフたちを泳いで行かせるかという方法が、一番手っ取り早くはあるのだが……呪いの状況が分からない以上、テイムした魔物たちだけで島に行かせるのはやめたほうがいいだろうな。

もし全員が呪われるような事態になった場合、その場にいるのが魔物たちだけだと、対処ができない。

そう考えると、少なくとも最初の偵察は、俺自身も行ったほうがいいだろう。

ただ、そうすると今度は、俺自身の安全確保が問題になってくるんだよな……。

できれば島の近くまででいいから、連絡船のサポートが欲しいところだ。

ギルドなら、こういった場面での安全な偵察方法などにノウハウがあったりしないだろうか。

そう考えた俺は、ギルドに向かった。

「イビルドミナス島についての情報はないか?」

「すみません。島の現状については、ギルドでも全然把握できていなくて……」

俺《おれ》の質問に、受付嬢が申し訳なさそうに答える。

どうやらギルドも、島の調査はまだできていないようだな。

何か特殊な調査方法でもないかと思ったのだが……そんな便利なものはないらしい。

「調査の予定はあるか?」

「はい。ブレイザーさんをリーダーとして、調査隊を編成中です。メンバーはまだ募集中ですが……結構メンバーを厳選しているみたいです」

なるほど、リーダーがブレイザーなのか。
知らない冒険者がやっているのに比べたら、ずっと話がしやすそうだな。
できれば調査隊に参加できると、一番やりやすいのだが。

「……俺でも参加できるか？」

「イビルドミナス島への上陸権限を持っている人は、ブレイザーさんの面接をクリアすれば入れますけど……受けてみますか？」

「ああ。頼む」

就職面接か。
ブラック企業はいつも人手が不足しているので、面接はザルだと言われていたが……危険な偵察の選抜パーティーとなると、そうもいかないだろうな。

俺は島に来てからの歴も浅いし、冒険者としての経験はそう多くない。
だが……スライムたちの索敵《さくてき》能力は、調査では非常に役立つはずだ。

その点をアピールすれば、通るのではないだろうか。

◇

それから数分後。

俺は面接を受けるために、ギルドの応接室の前にいた。

「ユージか。調査依頼に連れて行ったら、これほど心強い奴《やつ》もいないな」

応接室に入った俺を見て、ブレイザーがそう呟《つぶや》く。

どうやら、反応は上々のようだ。

「俺も調査に加わりたいんだが、入れてもらえるか？」

「悪いが、ダメだ」

……あれ？

さっきの言葉と、言っていることが違うような気がするのだが……。

「何でダメなんだ？　スライムの索敵能力があれば危険も察知しやすいし、調査で使う荷物だって簡単に運べると思うんだが……」

「ああ。調査にユージがいたら、絶対に役に立つだろうな。ユージがどれほど優秀かは、この前の依頼で十分分かっている。間違いなく、一番欲しい人材だ。……だが、ダメだ」

「……どうしてだ？」

ここまでの即答となると、何か特殊な事情でもあるのだろうか。

まさか、俺がテイマーだからか？

ブレイザーたちが今さら、俺がテイマーだという理由で差別するようなことはないだろう。

だが何らかの調査によって、島がテイマーにとって危険な環境……例えば、『魔物に対して効果を発揮する強力な呪《のろ》いが確認されている』などといった理由なら、俺が弾《はじ》かれるのにも納得がいく。

などと思案しつつ俺は、ブレイザーに理由を尋ねた。

「支部長命令だ。今回の依頼に連れて行く人選は、たった1つの条件を除いて俺に一任されているが……その条件こそ、ユージを連れて行かないということだ」

「名指しでか？」

「ああ。名指しだ。そしてユージを連れて行かないことには、俺も賛成する」

ふむ……。

テイマー全般ではなく、俺だけを名指しで除外か。

まさか俺が『終焉《しゅうえん》の業火《ごうか》』で島を焼き尽くしたことがバレている……？

証拠隠滅《いんめつ》を防ぐために、俺が島に立ち入ることを拒否するということか？

一体どこからバレたんだ……？

状況証拠だけで分かるわけはないし……まさか、シュタイル以外の誰《だれ》かが神託《しんたく》でも受けたのか……？

別に悪いことをしたつもりはないのだが……もし中途半端《ちゅうとはんぱ》に状況が伝わっていた場合、俺が悪事を働いたような話になってしまっている可能性もある。

いくら島中に魔物が溢《あふ》れ出す寸前の状況を止めるためとはいえ、貴重な資源の眠る島を焼き尽くしたのは事実なのだ。

もしかして……まずい事態になるのではないだろうか。

……いや、まだバレたと決まったわけではないか。

とりあえず、理由を聞いてみよう。

「どうして、俺だけ除外なんだ？」

「調査が危険すぎるからだ。ユージを連れて行くわけにはいかない」

……あれ？

てっきり、例の炎の原因がどうとか、教会がどうとか言われると思っていたのだが……違ったようだ。

それとも本当の理由は言わず、俺に気付かれないように捜査《そうさ》を進めたいというわけか？

「島が危険なのは、俺だけってわけじゃないと思うんだが……俺だけダメな理由があるのか？

むしろスライムの索敵能力があったほうが、危険は減ると思うんだが」

「ああ。島の偵察は、ユージ以外の冒険者にとっても危険だ。むしろ実力を考えれば、ユージが行くよりずっと危ないだろうな」

聞けば聞くほど、筋が通っていない気がする……。

これはやはり、俺に隠さないといけない『本当の理由』があるのだろうか。

「だったら、何で俺だけ外すんだ？」

「簡単な話だ。イビルドミナス島の上陸権限を持つ冒険者たちは優秀で、ギルドにとって貴重な人材だ。だが……代えがきく」

「……代えがきく？」

なんだかブラック企業みたいなことを言い始めたぞ。

代わりはいくらでもいる……1日に5回くらいは聞いたような台詞《せりふ》だ。

「ああ。ユージと違ってな。……スライムによる索敵、非現実的なまでの輸送能力……ユージの代わりはいない。もしユージを失うようなことがあれば、その損失は永遠に取り返せないだろう」

「……俺が死ぬとまずいから、調査には連れて行けないってことか？」

「簡単に言うとそういうことだ。もちろん、ユージは簡単に死なないだろうが……島の状況が全《まった》く分からない以上、船ごと全滅するような可能性まであるからな。他の冒険者ならともかく、ユージをそこまでの危険に晒《さら》すわけにはいかない」

なんというか、ブラックなんだかホワイトなんだかよく分からない理由だな……。

まあ、ギルドとしてはそうやってリスク回避をしたいのかもしれない。

スライムの輸送能力とか、いくらでも使い道がありそうだしな。

しかし……。

「ブレイザーたちは、そんな危険な調査に参加して大丈夫《だいじょうぶ》なのか？」

「イビルドミナスに来た時点で、ある程度の覚悟はできてるさ。……まあ、そこまで危険な調査だと決まったわけじゃない。あんな凄《すさ》まじい炎で焼き尽くされた後なんだ、島に何もいない可能性だってある」

「確かにな……」

確かに確率で言えば、島は安全な可能性も高いだろう。

港が壊れていたら、普段のような上陸方法は使えないだろうが……そもそも、あんな方法で上陸する必要があるのは、島にいる魔物が危険だからだ。

魔物がいないのであれば、もっと穏便《おんびん》で安全な上陸方法はいくらでもある。

だが……そうでない場合が問題だ。

俺が難しい顔をしていると、ブレイザーが口を開いた。

「なに、第一次調査隊の役目は、島がまともに上陸できる状態か調べるところまでだ。ほんのちょっと調べて戻ってくるだけだし、大して危険じゃないさ。……島まで安全に行けることが分かったら、第二次調査にはユージだって呼べるだろうしな」

……本当に危なくないなら、俺を連れて行っても問題ないはずなんだけどな。

とはいえ、支部長命令まで出ている以上は、説得をしても無駄《むだ》だろう。

調査隊には、入れないと考えたほうがよさそうだ。


そうはいっても、調査を丸投げするという気にもならないな。

一応、島を焼いたのは俺なんだし。

もしそれで調査隊に何かあったら、責任を感じてしまう。


ということで……強行偵察だな。

ギルドの手助けが得られないのは残念だが、まあ方法は一応ある。

「調査隊はいつ出るんだ？」

「第一次調査隊は、明日の予定だ。第二次調査隊は、その結果次第だな」

「分かった。じゃあ俺は、ゆっくり待たせてもらうことにしよう」

「……分かってくれてよかった。調査は俺たちに任せて、島で待っていてくれ」

調査は明日か。

となると……それまでに、島の状況を調べておく必要があるな。

もし危険すぎるようだったら、どうにかして調査を止めなければいけないし。

そう考えると、もう今日にでも調査を行うべきだな。

◇

それから数時間後。
俺は早速、島の中を調査する準備を終え、海岸まで出てきていた。
クルジアの港ではなく、誰も立ち入らないような、ただの砂浜だ。

「よし、船の準備はできたな」

『ほ、本当にこれで行くッスか……？』

俺が用意した『船』を見て、プラウド・ウルフが呆然《ぼうぜん》とした声を出す。
それは船というより、ただのイカダだった。
昔、薪《まき》を作った時に切った木の余りがあったので、それを使ってイカダを作った。
俺がこっそり島の上陸調査をしようとしていることは、できれば知られたくない。
そのため、ちゃんとした船を買うわけにはいかなかったというわけだ。
とはいえ……別に、この船で現地に行こうという訳ではないのだが。

『スライム、船は収納しておいてくれ』

『わかったー！』

そう言ってスライムは、イカダを飲み込む。

このイカダは、魔力切れなどの非常時に備えて作っただけだ。基本的には使うつもりはない。

イカダさえあれば、最悪の場合でも島から離れた場所でしばらく漂流して、その間に魔力を回復できるからな。

もしかしたらサメなどに襲撃されるかもしれないが……エンシェント・ライノがいれば、サメくらいはなんとかなるだろう。

まあ、そもそも魔力切れのような状況にならないのが一番いいのだが。

そして、本命の魔法は……。

「対物理結界」

俺が魔法を唱《とな》えると、海面の上に結界が展開された。

対物理結界はそれなりの強度があるので、上に乗って走るくらいなら全く問題はない。

とはいえ……普通に歩くには、島は少し遠すぎる。

ということで、いつも通りの手を使うことにする。

『プラウド・ウルフ。俺を乗せて走ってくれ』

『あ、結界の上を走るッスね！』

『ああ。そういうことだ。……イカダよりはマシじゃないか？』

『全然いいッス！』

そう言ってプラウド・ウルフは俺とスライムを乗せ、結界の上を走り始めた。

魔力の節約という意味では、エンシェント・ライノの背中にでも乗って、泳いでもらうのが一番いいと思ったのだが……安全性を考えて、こういう方法にしたのだ。

俺が船にいるような状況なら、プラウド・ウルフたちが泳いでいるのを『魔法転送』で援護できるのだが……俺まで一緒だと、不測《ふそく》の事態が起きやすくなるからな。

ここは安全策をとって、もし魔力が足りなくなるようなら、途中で帰るのがいいだろう。

『海の上を走るのって、なんか不思議な感じじッスね……』

プラウド・ウルフが結界の上を走りながら、そう呟く。

結界の上はひたすら直線なので、普段よりスピードが出ているようだ。

『魔法転送――対物理結界』

俺は先行するスラバードに魔法転送して、プラウド・ウルフの移動する先に結界を展開していく。

最初は自分で展開していたのだが、プラウド・ウルフのペースに合わせて魔法を使うのはなかなか大変だったので、先に道を作ってしまうことにしたのだ。

『結界の走り心地《ごこち》はどうだ？』

『ちょっと硬い感じッスけど……慣れれば大丈夫ッス！』

なるほど、確かに普通の地面とかと違って、結界は走る時に重さで沈まないからな……。

まあ、滑《すべ》ったりしないのなら問題はなさそうだ。

などと考えていると……スライムが声を上げた。

『サメがいるー！』

『なんか、いっぱいいるよー！』

そう言われて、あたりを見回してみると……確かにサメがいた。

足場になっている結界の下から、俺たちを追いかけているようだ。

どうやらサメはプラウド・ウルフのスピードに付いてこられるらしく、サメと俺たちの距離は段々と縮まっている。

とはいっても、対物理結界の下から追いかけたところで、意味はないのだが。

などと考えているうちに、サメはプラウド・ウルフの真下まで追いつき、結界にガンガンとぶつかり始めた。

『や、やめるッス！　こっちにはユージさんがついてるッスよ！　ユージさんの手にかかれば、お前なんて焼き魚に……！』

プラウド・ウルフはそう叫びながらも……サメが結界にぶつかるたびに、ビビって飛び上がっている。

……もちろん結界魔法は、サメの攻撃を受けてもビクともしていない。

普段は強力な魔物の攻撃を受け止めているような結界が、サメ程度で壊せるわけもないのだ。

「できれば、あんまり魔法攻撃は使いたくないんだよな……」

足場に使っている対物理結界は、その名の通り物理攻撃に耐えるための結界だ。

サメの攻撃には強いが、魔法攻撃には別に強くない。

戦おうと思えば、倒す方法はいくつも思いつくのだが……島の状況が分からない以上、どのくらいの魔力が必要になるのかもわからないので、到着前に消費する魔力はできるだけ節約したい。

とはいえ、ずっとサメに追いかけ続けられるのは精神衛生上よくないのも確かだな。

『主《あるじ》、私の咆哮《ほうこう》で追い散らしたほうがいいか？』

『いや、お前の咆哮は結界を壊すだろ……』

エンシェント・ライノをテイムした時に使った対物理結界は、咆哮1発で砕《くだ》けたからな。

戦闘では『対物理結界』などは重ねて使うことも多いのだが……長距離移動でそんなことをしていたら魔力がいくらあっても足りないので、今回は1枚しか使っていない。

まあ、別に倒さなくても撒《ま》いてしまえばいいんだよな。

適当に『範囲凍結・中』でも撃って、凍っている間に撒くとか。

そう考えていたのだが……。

『焼き魚ー⁉』

『サメ、おいしいー⁉』

どうやら、炎魔法で倒したほうがいいようだな。

前世の世界では、サメは臭みが強くて美味《おい》しくないと聞いたが……この世界のサメはどうか分からないし。

『スラバード、一旦《いったん》止まってくれ』

『わかったー!』

俺は結界張りのために先行させたスラバードを止めて、足元を見る。

サメは相変わらず、俺たちの足元にぴったり張り付いてきていた。

このまま対魔法結界を展開して、火球などを撃つのは……あまり安全とは言えなさそうだな。

そもそも自分の火球に、対魔法結界が耐えられるかどうかが分からない。

今は試すべき場面ではないだろう。

というか、水の中にいる敵に炎魔法を撃ち込むのは、そもそも効率が悪い気がする。

『魔法転送——対物理結界』

俺は少しだけ考えて、今までより高い場所に結界を展開した。

何か事故などが起きて水に落ちた時に備えて、今までは水面ギリギリに展開していたのだが……今回は、3メートルほど上に展開してみた。

『プラウド・ウルフ……』

登れるか、と言おうとしたのだが……プラウド・ウルフの動きは速かった。

俺が指示するまでもなく、プラウド・ウルフは高いところに張られた結界に飛び乗ったのだ。

『や、やっと離れられたッス！』

どうやら一刻も早く、サメから離れたかったようだ。
だが……サメはそれをただ眺めているわけではなかった。

「ひいぃ～！」

口を開けて迫るサメに、プラウド・ウルフが悲鳴を上げる。
対物理結界越しだから別に危なくはないと思うのだが……やはり怖いのは怖いようだ。
……プラウド・ウルフも、呪われていた時の半分くらい勇敢だったらいいのだが。

などと考えつつ俺は、魔法を発動する。

『魔法転送――対物理結界』

俺が結界を展開したのは、サメの真下だ。
サメは結界の上に乗り上げ、バタバタと暴《あば》れ始める。
まな板の上の鯉《こい》ならぬ、結界の上のサメだ。

『魔法転送――火球』

俺は身動きの取れなくなったサメに火球を撃ち込み、とどめを刺した。
案の定、火球の当たった結界は割れてしまったが、俺たちが乗っていた結界は無事《ぶじ》だった。

『お、重いー!』

海に落ちたサメをスラバードが持ち上げようとしたが、いくら死んでいるとはいっても巨大なサメがスラバードに持ち上げられるわけもない。
スラバードが諦《あきら》めたところで、スライムたちが海に飛び込んだ。

『ぼくがひろうー!』

そう言ってスライムが、サメを収納する。
……収納するのはいいのだが……。

『お前たち、泳げるのか?』

『えっと……およげる！』

『海なら、大丈夫だってー！』

『でも……のぼれないかも……』

そう言ってスライムたちは、水面に浮いているが……ただ浮いているだけだ。

一応、沈んではいないようだが……『海なら大丈夫』というのは、要するに比重の関係で浮くというだけの話ではないだろうか……。

それは『泳げる』とは言わないと思う。

まあ、溺《おぼ》れるよりはずっとマシなのだが。

『えっと……回収してきたほうがいいッスか？』

『頼んだ』

海から出られなくなったスライムたちは、プラウド・ウルフによって回収された。
とりあえず、スライムは水中での戦いには使えなさそうだな。

『サメ、ゲットー！』

『これ、おいしいのかなー？』

さて、とりあえずサメは倒したので先に進んでもいいんだが……島がどんな環境か分からないことを考えると、今のうちに食べておくのも悪くないか。
スライムたちが期待しているようだしな……。

まあサメも鮮度がよければ美味《うま》いという話も聞くので、食べてみてもいいか。
スライムたちは何でも食うイメージがあるし、毒でなければ問題はない……というか、毒ですら気にせず食べてしまうイメージだし。

『とりあえず、焼いて食べてみるか？』

『たべるー！』


そう言ってスライムが、先程倒したサメを取り出した。

どうやって調理するかだが……とりあえず、さばいて焼けばいいのか？

俺はそう考えて剣を取り出し、消毒代わりに炎魔法で炙《あぶ》った。

本当は、ちゃんとした包丁《ほうちょう》などがいいのだろうが……そんな上等なものは持っていないからな。

というか、こんな巨大な魚をさばいたことなど一度もないのだが。

とりあえず三枚おろしにしたいところだが……こんな巨大な魚をおろすのは、職人とかの仕事な気がする。

などと思案しつつ、俺はダメ元で適当に剣を動かしてみたのだが……意外にも、サメは簡単に切れた。

まるでマグロの解体ショーか何かのように、サメの背骨と身の部分が、綺麗《きれい》に分かれた。

ひっくり返してもう一度同じ要領で剣を動かしてみると……綺麗な三枚おろしの完成だ。

『ユージ、じょうずー！』

『魚屋さんのひとみたいー！』

……魚をさばくのって、こんなに簡単だったのか？
というか、普通は剣でやるようなことじゃないよな？
ただの剣でこんなに綺麗に切れるなら、包丁なんてものはいらないはずだ。

俺は一瞬だけそう疑問に思い……すぐに理由に思い当たった。

『超級戦闘術』……ギルドの剣術試験から斧《おの》を使った薪割りまで、およそ近接武器を使うシーン全《すべ》てで異常なまでの性能を発揮した、あのスキルだ。
恐らくあのスキルは、魚をさばく作業まで補助してくれるのだろう。
戦闘では魔法ばかり使っているが、たまにしか使わないケシスの短剣をそれなりに扱えているのも、このスキルのおかげかもしれないな。

「とりあえず、焼くか。……微炎弾」

そう言って俺は結界魔法の上に薪を積み上げ、低威力の炎魔法『微炎弾』で火をつけた。
対物理結界は魔法には強くないが、普通の炎くらいなら大丈夫だろう。

俺は3枚におろしたサメを適当な大きさに切り分け、焚《た》き火《び》の炎で焼いていく。
その途中で……俺は切り分けた部分に残った、ヒレに目をやった。

「……フカヒレか」

フカヒレ。
言わずと知れた高級食材だ。しかし調理法が分からない。
ただ、そのまま食うものでもない気がする。

調味料などもないし、とりあえず保存しておくか。
そう思ったのだが……食材であるフカヒレを、スライムに収納して持っておいてもらうのは……収納のふりをして食われてしまうかもしれない。

『ゆーじ、どうしたのー？』

『ああ、このヒレなんだが……料理の方法が分からなくてな。……スライムも分からないよな？』

『えっと……わかんない！　普通に焼く……とか？』

……うん、スライムが知っているわけもないよな。
基本的にスライムたちは、食材を料理したりはしないし。
今回のサメは一応焼いているが……放っておいたら、生のままかじったりしていた気がする。

ちゃんとしたフカヒレが食べたいとなったら、その時またサメを探せばいいか。
この世界では乱獲《らんかく》なども起こっていないだろうから、探すのは難しくないだろうし。

『よし、食べていいぞ』

『やったー！』

そう言ってスライムたちは、サメを食べ始めた。

ヒレの部分も面倒なので一緒に焼いてしまったが……あの部分だけ、ちょっと食べてみたいような気もするな。

まあ、ただ焼いただけのサメのヒレより、街の料理屋の普通の料理のほうが美味いだろうが。

問題は、サメの味だが……。

『おいしいー！』

『サメ、おいしいー！』

どうやら、好評のようだな。

もしかしたら、この世界のサメはふつうに美味しいのかもしれない。

そう思って俺は、スライムたちの隙《すき》を見計らって、よく焼けた部分を少し食べてみた。

だが……。

「うーん、微妙だ……」

なんというか、水っぽい感じがする。

そして、ほんのりと臭みのようなものも感じる。

……食えなくはないが、わざわざ食いたいかと言われると、別にそんな気にはならないな。

まあ、スライムたちが喜んで食べているようなので、食べたいものが重ならないのはいいことだろう。

俺が食べるものは、普通に店とかで買えばいいし。

そうして、スライムたちがサメを食べるのを見ていると……ふいに、1匹のスライムが叫んだ。

『これ、おいしくないー!』

ついにスライムも、俺と同じような味覚を手に入れたのだろうか。

いや、それはそれで餌《えさ》の確保が大変になりそうだぞ。

たまたま苦い内臓の部分にでも当たったのか？


『えー？　おいしいと思うよー？』


他のスライムたちは、あいかわらず美味しそうにサメを食べている。

そして、美味しくないと言ったスライムは、持っていたサメの肉を取り上げられてしまったのだが……。


『ほんとだー！　おいしくないー！』


それを取ったスライムも、美味しくないと叫んだ。

どうやら、スライムに合わない部分があるようだな。

普段は食べ残しなどしないスライムたちなのだが……サメには苦手な部分があるのだろうか。

そう考えて、サメを美味しくないと言っていたスライムのもとに行ってみると……そこには、サメのヒレの部分が落ちていた。

サメ肉を奪い合っているスライムたちも、結界の上に放置されたヒレには見向きもしない。

ヒレの周りの肉は綺麗に食い尽くされているところを見ると……どうやらスライムたちは、フカヒレが苦手のようだ。

『次からサメのヒレは、食べずにとっておくことにしようか』

『わかったー！』

『じゃあ、これは収納しておいてくれ』

『はーい！』

スライムはそう言って、『スライム収納』にフカヒレをしまった。

……もしスライムたちがよくサメを食べるようになったら、収納の中には大量のフカヒレが余ることになるな。

時間のある時にでも、調理法を研究すべきだろうか。

それから1時間ほど後。

俺《おれ》たちは無事《ぶじ》に、島の近くまでたどり着いていた。

すでに灰は海に沈んだか、どこかに飛ばされたり流されたりしたようで、海は元の青さを取り戻している。


島のほうも、灰はすでになくなっている。

だが……魔法で焼き払われた木々《きぎ》まで元通りとはいかなかった。


ここから見る限り、島には草木1本生えていない。

まあ、偵察という意味では索敵《さくてき》がしやすくていいな。視界を遮《さえぎ》るものは何もないし。


逆に言えば、魔物も俺たちを見つけやすいわけだが。

『葉っぱ、なくなってるー！』

『ぼくたちの葉っぱー！』

『いや、お前たちのではないと思うが……』

この島の葉っぱは好評だったので、やはり焼き尽くしたのは不評だったようだ。

まあ、燃やした俺に文句《もんく》を言わないあたり、他に選択肢がなかったことは分かっているのかもしれないが。

それに……。

『島の葉っぱが美味《おい》しかったのは、多分『地母神《ちぼしん》の涙』のおかげだ。放っておけば、また生えてくるかもしれないぞ』

『生えてくるー⁉』

『あの石のおかげってことは……持って帰れば、そだてられるのー⁉』

……巨大植物の養殖か。

考えたことはなかったが、理屈上不可能ではなさそうな気がする。

『地母神の涙』が、勝手に持ち出していいものなのかは分からないが……とりあえず、持って帰るなと言われたことはなかったはずだ。

まあ、後で聞いてみるか。

それも島の調査が平和に終われればの話だが。

『とりあえず、上陸は何とかなりそうか？』

俺の目で見る限り、島は安全そうだが……索敵能力は魔物たちのほうが高い。

上陸前に、一応聞いておいたほうがいいだろう。

『こわいの、いないよー！』

『私も、危険な気配は感じないな』

『多分大丈夫《だいじょうぶ》ッス！』

……問題はなさそうだな。

特に、慎重派《しんちょうは》……というか臆病《おくびょう》なプラウド・ウルフさえ大丈夫と言っている以上、少なくとも索敵できる範囲に危険はないと思っていいだろう。

『よし、行くぞ。……スラバード、島に向かってゆっくり進んでくれ。もし少しでも熱を感じたら、引き返して大丈夫だ』

『わかった～』

あれから1日経《た》ったとはいえ、炎属性適性によって強化された『終焉《しゅうえん》の業火《ごうか》』の熱が冷めているとは言いきれない。

魔物がいなくても、残った熱で焼け死んでは話にならないので、とりあえず慎重に行くべきだろう。

『あつくないよ～』

『了解。……魔法転送――対物理結界』

俺はイビルドミナス島に向かって、結界を展開した。

さあ、上陸だ。

◇

「……とりあえず、上陸はできたな」

それから数分後。

俺たちは無事にイビルドミナス島に到着し、周囲を見回していた。

周囲に魔物は見当たらない。

地面ももう、普通に冷えているようだ。

だが、地面には『終焉の業火』の痕跡《こんせき》が残っている。

この島の地表は、普通の砂や土だったはずだが……今はガラスのような光沢のある地面が、一面に広がっていた。

恐らく、高熱によって溶けてくっついたのだろう。

これだと、植物はしばらく生えないかもしれないな。

地表の栄養素とかも、全《すべ》て燃えてしまっているだろうし。

「船の上陸自体には、問題なさそうか……」

俺たちが島に上陸した地点は、恐らく元々イビルドミナス島の港があったのと同じあたりだ。

港とはいっても、元々建物や設備があったわけではないので、『終焉の業火』の影響はそう大きくない。

最初からまともに接岸すらせずに冒険者を移動させていたわけだし、魔物がいない状況での上陸なら、むしろ今までより安全なくらいだろう。

少なくとも、ギルドの調査隊が上陸しようとした時に全滅……ということはなさそうだ、この様子だと、島の普通の部分……呪《のろ》いが関係ない部分に関しては安全といってよさそうな気がするな。

完全に確認が取れたわけではないので、油断はできないが。


問題は……呪いのほうか。

少なくとも、あの時点で島にいた変異種……呪われた魔物が生き残ったとは思えないが、呪い自体まで破壊できたかどうかに関しては自信がない。

『終焉の業火』が撒《ま》き散らした魔力によって、逆に強化されているような可能性すら否定はできない。


となると、まずは現地の調査だな。

調べるべき場所は、例の崖に囲まれた窪地《くぼち》で間違いないだろう。

変異種の数が、あそこだけ明らかに異常だったからな。

『これから、あの崖の場所に行く。もし誰《だれ》かの様子がおかしくなったら、すぐに教えてくれ』

『『わかったー！』』

俺はその返事を聞いて、島の中心部――例の窪地の方へと歩き始めた。

◇

俺は定期的に『解呪《かいじゅ》・極《きわみ》』を使いながらゆっくりと島の中心部に歩き……窪地が見えるところまでたどり着いた。

今のところ、スライム達の索敵網には1匹の魔物も引っかかっていない。

呪いがかかった時に対処しやすいように、普段と比べて索敵網を縮めてはいるが……それにしても、今の位置なら窪地の中くらいは索敵できる範囲だからな。

『とりあえず、魔物はいないみたいだな』

『うんー！』

俺達の頭上を飛ぶスラバードの視界にも、俺達以外の生物らしきものは一切《いっさい》映っていない。

少なくとも、俺達が来るまでの間に魔物がまた生まれた……ということはなさそうだ。

だが、異変がない……というわけではなかった。

『でも、あれ……なんだろう？』

スライムがそう言って、窪地の中心部を見る。

そこには相変わらず、どす黒い色をした巨大な木が生えている。

大きさ自体は、元々島に生えていたものと同じくらいだが……他の木々が全て灰に変わった後で、これだけ残っているのは明らかに異質だ。

そして、スライム越しでなければ魔力を感じることができない俺ですら、あの木からは怪《あや》しげな気配を感じる。

『あの木……明らかにおかしいよな？』

『なんか、こわいかんじー！』

『……主《あるじ》の言う通り、強い呪いを感じる。主が解《と》いてくれたものとは、また違った雰囲気の呪いだな』


この中では一番呪いに詳しそうなエンシェント・ライノも、あの木から呪いを感じるようだ。

あれが呪われているとなれば、解呪が必要なのは間違いないだろうが……その前に、もう少し情報が欲しいところだ。

知り合いの中で呪いについて知っていそうな面子《メンツ》といえば……ドライアド、バオルザード、シュタイル司祭あたりだな。


シュタイル司祭に関しては、今すぐに必要な情報なら聞くまでもなく教えてくれる感じがするが、一応手紙を出しておこう。

もし知っていることがあれば、連絡用のスライム越しに伝えてくれるだろう。

とはいえ、シュタイル司祭に今回の件のこと（終焉の業火に関する話など）を、どこまで話していいのかは微妙なところだが。

彼は今のところ、俺にとって味方だ。それは間違いない。

イビルドミナス島の冒険者救出でも、司祭が出してくれた手紙がなかったら大変なことになっていた可能性が高いしな。

だが、彼自身は俺の味方をしているというよりは神の……『天啓《てんけい》』の命令に従っているだけなので、その命令次第では敵に回る可能性もある。

そんなことは起きないと信じたいが……天啓というスキルがどのようなものなのか分からない以上、信用しすぎるのも考えものだ。

出す手紙の内容に関しては、後でちゃんと考えることにしよう。

教会に文献があったりするかもしれないし、『念写』で作った絵は同封したほうがよさそうだな。

とりあえず、呪いが真竜絡《しんりゅうがら》みだとすると少しの遅れが危険を生む可能性もあるので、先に聞くべきなのはバオルザードのほうだな。

そう考えて俺は、バオルザードのもとにいるスライムを通じて、バオルザードに話しかける。

『バオルザード、少し聞きたいことがあるんだが……今大丈夫か？』

『もちろんだ、ユージ。……質問とは珍しいが、何かあったのか？』

『今いるイビルドミナス島に、何やら強力な呪いの力を持った木が生えているんだ。真《ま》っ黒《くろ》で巨大な木なんだが……何か知らないか？』

『呪いの木か……すまないが、心当たりがないな。呪いにはあまり詳しくない』

どうやらバオルザードは、この木について知らないようだな。
彼が知らないという事実自体が、なかなか悪くない情報だ。
真竜絡みの話ならバオルザードが知っている可能性も高いし、知らないということは真竜とは関係ない可能性が高いからな。

次はドライアドだな。
木にも呪いにも、ドライアドは詳しそうだ。

『ドライアド、ちょっと聞きたいことがあるんだが、今大丈夫か？』

『うん、大丈夫！　……どうしたの？』

俺がスライムの『感覚共有』越しに話しかけると、ドライアドはすぐにそう答えた。

初めて会った頃《ころ》は弱っていたドライアドだが、今はとても元気そうだ。

『今、イビルドミナス島っていう島にいるんだが……そこの真ん中《まなか》に、やたら大きくて黒い木が生えてるんだ。明らかに強い呪いの気配を感じるんだが……何か知らないか？』

『呪いの木なら、いくつか知ってるけど……見てみないと分からないかも。ちょっと行ってみるね』

そう行ってドライアドは、木の中に沈むようにしてスライムの視界から消えた。

そして、少しの時間が経って……ドライアドは、スライムの目の前に戻ってきた。

『うーん、行けないみたい……イビルドミナス島って、ものすごく遠かったりする？』

『島だから陸続きではないが、普通に船で半日かからない範囲だぞ』

『それなら、行けると思うんだけど……なぜかユージの近くに行けないんだ……もしかして、近くに木がないとか？』

『ああ……確かに木はないな。何日か前まではあったんだが……』

いくら神出鬼没《しんしゅつきぼつ》のドライアドといえども、木がないと姿を現すことはできないようだ。

しかし今、この島にまともな草木は恐らく1本たりとも存在しない。

あの黒い木は一応あるが……まさかドライアドが、あの木から出てくるとも思えないし。

ということで、作ろう。

木がないなら生やせばいいのだ。

『スライム、植木鉢とツルハシを出してくれ』

『わかったー！』

そう言ってスライムは、『地母神の涙』採掘に使ったツルハシと、小さな木の生えた植木鉢(以前に街で見かけたとき、買っておいたものだ)を取り出した。

俺はまずツルハシを手にとって、高熱によって固まってしまった地表を砕《くだ》く。
そして柔らかい土が出てきたところで、植木鉢から木を取り出し……根っこを埋めた。

『放水』

ついでに水魔法で、水もやっておく。
『終焉の業火』のおかげで、地面はカラカラだろうからな。
さて……随分《ずいぶん》と雑な植林活動をしてしまった気がするが、こんなのでドライアドは来られるのだろうか。

『これで、来れないか?』

『やってみる!』

そう言ってドライアドは、また現地のスライムの前から姿を消し……今度はさっき植えたばかりの木から、顔を出した。

どうやら、うまくいったようだ。

『……これで大丈夫なのか……』

『えっと……ちょっと窮屈《きゅうくつ》だけど、木なら大丈夫……って、何この島⁉　本当に木が1本もない……！』

ドライアドは周囲を見回して、呆然《ぼうぜん》としている。

まあ、ドライアドが見たら驚くよな……。

この島が数日前までどんな場所だったかは知らないだろうが、ここまで綺麗《きれい》に草木が全滅した土地なんてなかなかないだろうし。

もはや、一種の砂漠と言ってもいいくらいだ。

『あー……呪いの対策で、島ごと焼き払ったんだ』

『島ごとって……ここ、そんな小さい島じゃないと思うよ？　焼き払おうと思ってできるような場所じゃないと思うんだけど……』

『まあ、色々あってな。……緑豊かな島を焼き払うのは、ドライアド的にまずかったか？』

『ううん、それは大丈夫。あの木みたいなものは確かに、ものすごく強い呪いを秘めているみたいだし……あんな呪いの影響を受けた森なら、一度更地にして作り直したほうがいいくらいだと思う。私でも、場合によっては火をつけて燃やしちゃうかな』

火をつけて燃やす……。

なんというか、ドライアドに似つかわしくない言葉が出てきたぞ。

『……ドライアドが、森を燃やすこともあるのか？』

『うん。どうしようもない状態になった森を残しておくより、そのほうがいいこともあるから。

綺麗な土さえあれば、森は作り直せるしね。……まあ、私は強い炎なんて扱えないから、ドラゴンとかの炎を使える魔物に手伝ってもらったりするんだけど』

なるほど……。

ドライアドは森を守るだけではなく、作り直すこともあるのか。

『それで、あの木なんだが……強い呪いだってことは分かったが、どんな呪いだか分かるか？』

『うーん……ああいう呪いを見たことがあるわけじゃないんだけど、なんだか人工的な感じがするな……』

『人工的？』

もしや、この木は人間の手によって作られたものだったのか……？

だとしたら、それは大きな情報だな。

問題は、誰が作ったかだ。

人間にとっての重要物資を産出する島に呪いの木を置きそうな連中というと、パッと思いつくのは『救済の蒼月《そうげつ》』だが……スライムたちを使って連中の動きを偵察した感じだと、そんなに大きいものを作っているような雰囲気はなかった。

それ以外だと……全《まった》く心当たりがないな。
もう少し、何か手がかりがあるといいんだが。

『どうして人工的だと思ったんだ？』

『うーん、自然の呪いっていうのもあるっていうか、私たちが見かける呪いのほとんどは自然のものなんだけど……そういうのに比べて、純度が高すぎるんだよね。ここまで純粋で強力な呪いは、自然にはできないと思う』

なるほど、純度か。
この島の特殊な立地と『地母神の涙』のことを考えると、普通では起きないような現象が起こってもおかしくはないかもしれないが……。

『ちなみに、自然の呪いってなんでできるんだ？』

『魔力がよどみやすい場所とかに、悪い魔力が集まってできるみたいだよ。呪いの形は色々あるんだけど……石だったり木だったり、キノコだったりするね。……ドラゴンキノコとかも、同じような感じだし』

……ん？

今、不穏《ふおん》な単語が聞こえたような気がする。

『ドラゴンキノコって……俺がもらった薬の材料だよな？』

『うん。そうだけど……』

まさか俺は、呪いから作ったものを飲んでいたのか……？

それって、体に悪かったりしないよな……？

いや、確かに一瞬にして『終焉の業火』数発分もの魔力を回復させるような薬、体に悪そうな感じしかしないのだが……。

などと難しい顔をしていると、ドライアドは俺が戸惑っている理由に気付いたようだ。

ドライアドは、慌てて口を開いた。

『あっ、ドラゴンキノコは別に呪われてないよ！　あれは竜の力が集まったキノコで、ただ呪いが集まったのと似た感じだってだけだし！』

『……ドラゴンの力が集まった場所にはドラゴンキノコが生えて、呪いの力が集まった場所には呪いのキノコが生えるって感じか？』

『うん。呪いのキノコくらいだったら、時々私の森でも見かけるね』

『見つけたら、どうするんだ？』

『別に何もしないよ。あのくらいの呪いなら無害だし、放っておけば消えるから。……食べたらお腹《なか》を壊すかもしれないけど』

……食べてもお腹を壊すくらいで済むのか。

それならむしろ、毒キノコのほうが怖いくらいだな。

毒キノコは、ものによっては普通に死ぬし。

まあ、自然の呪いというのは、その程度のものなのかもしれない。

だとしたら……あれだけの魔物を作り出すような呪いが、自然のものと違うというのも納得がいくな。

この島の自然に、特殊な部分があるとしたら、あとは『地母神の涙』くらいだが……。

『この島には『地母神の涙』っていう石がよく落ちてるんだが……その石に、呪いを強めるような効果があったりするか?』

『『地母神の涙』って、いい感じの肥料の材料だったと思うけど……呪いには関係ないと思う。私も時々使うしね』

どうやら、『地母神の涙』とは関係ないようだな。

となるとやはり、人工的な呪いの可能性が高いか。

と、ここまで考えて俺は、１つの可能性に思い当たった。

ドラゴンキノコを精製することによってドライアドは、魔力を回復する薬や、少し前の状態に戻す薬を作り出した。

では呪いのキノコを精製したら、何ができるのだろうか。

そのままでは腹を壊す程度の呪いでも、凄《すさ》まじい効果を生む可能性はありそうだ。

『ドラゴンキノコと同じように、呪いも精製できたりするか？』

『うん、できると思う。……実際に人工の呪いを作っているところは見たことがないけど、そうやって作ってる人もいるかもしれない』

『なるほど……』

うーん。

仮にそうだったとしても、呪いを作った奴《やつ》の特定は簡単じゃなさそうだな。

そもそも、あの木がいつからここにあったのかも分からないのだ。

仮に何百年も前だったり、極端な話、エンシェント・ライノのいたような時代に作られたものだったりした場合……これを作った人間や組織は、すでにこの世に存在しない可能性もある。

少なくとも、年単位で昔であることは間違いがなさそうだし……特定するのは、簡単じゃなさそうだな。

などと考えていると、エンシェント・ライノが口を開いた。

『主よ、あの木がもし、人間によって呪いが濃縮されたようなものだとしたら……心当たりがあるかもしれない』

『……本当か？』

『あまりに強さも質も違うから、言われて初めて同じものかもしれないと気付けた程度だが……この呪いと似た部分のある魔力を、確かに昔見たことがある』

『昔って……まさか、封印される前か？』

『ああ。封印される前だな』

封印される前って……それこそ下手《へた》をすると、何千年も前の話じゃないか……。

とはいえ、貴重な手がかりであることに間違いはない……というか、それ以外に手がかりはない。

たとえエンシェント・ライノが呪いを見たのが何千年も前の話であっても、今も同じような呪いが、同じ場所にある可能性は否定できないだろう。

何千年もの年月によって、人間の文明などは変わったかもしれないが……地形そのものは、大して変わっていない可能性もあるしな。

その場合、同じ場所には同じような魔力が集まっていても不思議ではない。

『場所は覚えているか？』

『一応、記憶にはある。……今も同じ場所が存在するかまでは分からないが、主が望むなら、全力で探させてもらう所存だ』

……どうやら、手がかりが見つかったようだな。

とはいえ……まずはこの木の処理からか。

できれば証拠品として保存しておきたい気もするが、流石《さすが》に放っておくわけにもいかないし。

◇

それから数十分後。

色々な角度から『念写』などを行い、木の情報を一通り残し終わった俺は、解呪に取り掛かろうとしていた。

解呪の方法など、強力な解呪魔法を大量に撃ち込むだけなのだが……こういう呪いの品は、解呪する時が一番危ないケースが多いんだよな。

魔物が大量発生したり、流れ弾が飛んできたりと……油断をするとロクなことが起きない。

というわけで……。

『魔法転送――対魔法結界』

俺が木の周囲に張ったのは、普通の対魔法結界だ。

ただし、300匹のスライムに同時に魔法転送して、300枚展開した。

そして……万が一呪いが溢《あふ》れ出したような場合に備えて、俺たちや結界を張るスライム自身はかなり遠くに位置取っている。

結界だけでなく、距離によって安全を確保するというわけだ。

「解呪魔法は……『解呪・極』でいくか」

今までの実績からいっても、『解呪・極』を使っておいて間違いはないだろう。

エンシェント・ライノの呪いを解除したのも、あの魔法だしな。

魔力消費もそこまで多くないから、大量に並列で撃てるし。

『スライム、木を囲むように並んでくれ』

『わかったー！』

俺はスライムたちに、呪われた木を遠巻きに囲むように並んでもらった。
その数は300匹。
うち1匹は、ファイア・ドラゴンの魔物防具を装備している。
この布陣で、300発の『解呪・極』を同時に撃ち込もうというわけだ。

そして……。

『魔法転送──解呪・極！』

俺はスライムたちに、魔法を転送した。
大量の『解呪・極』が空を飛び……呪われた木に殺到する。

そして魔法が着弾すると同時に、結界の中で黒い煙《けむり》のようなものとともに、怪しげな気配が膨《ふく》れ上がった。

俺はそれを見て、次の魔法の準備をする。

「やはり来たか……」

解呪のタイミングで異常事態が起きることは予想していた。
距離を取ったのは、こういった時に対処までの時間を稼《かせ》ぐためでもある。

問題は、どの魔法を使うべきかだ。
防御を重視するなら『絶界隔離《ぜっかいかくり》の封殺陣《ふうさつじん》』を使うべきだし、相手が純粋な呪いなどなら解呪魔法を使えばいい。
慎重に警戒しながら、様子を窺《うかが》っていると……黒い気配はしぼんでいった。

『……あれ？　さっき確かに、ヤバそうな気配があったと思ったんだが……』

『なんか、なくなったー！』

『一瞬ヤバそうだったけど、消えていったッス！』

やっぱりスライムとプラウド・ウルフも、俺と同じ感想のようだな。

まだ油断はしたくないが……一体何が起きたのだろうか。

そう考えていると、ドライアドが口を開いた。

『えっと……解呪魔法が多すぎて、余波で出てきた呪いも一緒に消えたんだと思う……』

『木を解呪した後でも、解呪魔法が残っている気配があった……主の解呪魔法が強力すぎたのだろうな。私の呪いを解呪できたのも分かる気がする……』

なるほど。

どうやら300発の魔法は、流石にオーバーキルだったようだな。

まあ、余波まで消すという意味では、これでちょうどよかったのかもしれないが。

などと考えていると、呪いの木は白い灰となって消滅していった。

どうやら、呪いは解呪できたようだな。

これで島自体の安全性に関する問題は、ほぼ解決したと思ってよさそうだ。

残すは……『地母神の涙』が、ちゃんと残っているかどうかだな。

『地母神の涙』は炎に強いという話だったが、土や砂が溶けてくっつくような高熱にまで耐えられたかは分からないし。

それと、スライムたちが葉っぱを育てるために欲しがる可能性もある。

さて、残った『地母神の涙』探しといくか。

それから数分後。
俺《おれ》たちは窪地《くぼち》を離れて、『地母神《ちぼしん》の涙』を探していた。
すると……開始からまもなく、スライムたちが叫び始めた。
『あの石、あったよー!』
『こっちにもあったー!』
俺が『感覚共有』で確認してみると……確かにそこには、『地母神の涙』があった。
どうやら『地母神の涙』は、あの炎で燃えずに残っていたようだ。
『これ、持っていっていいー?』

『葉っぱ、育てるー!』


見つけたスライムたちは案の定、『地母神の涙』を持って帰ることを提案した。

スライムたちもよく働いてくれたので、そのくらいの報酬はあってもいいような気もするが……『地母神の涙』に関しては、扱いがあまり分からないんだよな。

一応、規則上は、持って帰ってはいけないことにはなっていないが……王国にとっても重要物資みたいだし。


法律的な扱いは後で聞くつもりだが、仮に持って帰るのが問題なかったとしても、根こそぎ持っていくわけにはいかないだろう。

恐らく、残った『地母神の涙』は、王国に必要なものだろうからな。

そう考えると、多少持って帰るのはいいにしても、量はしっかりと制限する必要がある。

そして……先程の呪《のろ》いを解除したからといって、島が完全に安全だと決まったわけではない。

島の安全性については、もっと広範囲の調査をしたいところだ。

ということで……。

『よし、『地母神の涙』は、1つだけ持って帰っていいぞ』

『1つだけー？』

『ああ。全員合わせて1つだ。使い方も分からないし、王国にとっても大事なものだからな』

『うーん……』

俺の言葉を聞いて、スライムが考え込む。

そして少しして、1匹のスライムが俺に尋ねた。

『1つってことは……どんなに大きいのでもいいの？』

期待していた通りの質問だ。

これで放っておいてもスライムたちは、島全体の索敵《さくてき》をしてくれるだろう。

『もちろん、どんな大きいやつでも大丈夫《だいじょうぶ》だ。でも、1個だけだぞ』

『わ……わかったー！』

『みんな、さがすよー！』

そう言ってスライムたちは、島中に散らばり始めた。
一番大きい『地母神の涙』を探すためだ。

『プラウド・ウルフ、はやくー！』

『りょ、了解っス！』

『エンシェント・ライノも、いそいでー！』

『了解した！』

大きい『地母神の涙』を探すスライムの輸送で、プラウド・ウルフやエンシェント・ライノも大忙しだ。

というかエンシェント・ライノに至っては、人間を乗せて交通事故を起こしたら普通に即死しそうな速度が出ているが、それでも急《せ》かされているのか……。この調子なら、広大な島もすぐに探索し終わりそうだ。

などと考えていると……ちょうどエンシェント・ライノが近くを通りがかったところで、エンシェント・ライノの背中から何匹かのスライムがこぼれ落ちていくのが見えた。

時速数百キロで背中から放り出されたスライムたちは、哀《あわ》れにも転がっていく……。

幸い、スライムたちは強力な物理攻撃耐性を持っているため、この程度のことで怪我《けが》はしていないようだ。

そもそも、スライムが『怪我』をするような生き物かは分からないが……まあ、とにかく無事《ぶじ》そうなのに変わりはない。

とはいえ……無視するわけにもいかないだろう。

『おいエンシェント・ライノ……スライムたちを振り落としてるぞ。もうちょっとスピードを緩《ゆる》めたほうがいいと思うが……』

『ああ、すまない主《あるじ》。そのスライムたちは振り落としてしまったわけではなく、勝手に降りていってしまうんだ……。言ってくれれば、速度を落とすつもりなのだが……』

『……そうなのか？』

俺はさっき転がっていったスライムたちに、そう尋ねる。

スライムは地面を転がり回った後だというのに、元気に『地母神の涙』を探し回っていた。

『そうだよー！』

『転がっていったほうが、はやいし！』

なるほど……。

スライム転がしは、スライムたち自身の意思だったのか。

それならまあ、別に問題はない……と言っていいのだろうか。

どのくらいの速度で地面に落下しても大丈夫かは、スライムたち自身が一番よく分かっているだろうし。

あまり過保護にしても仕方がないかもしれない。

『……分かった。そこまで急いで調べる必要はないから、危ないと思ったらやめるんだぞ』

『はーい！』

『エンシェント・ライノ！　次あっちー！』

『了解した！』

スライムたちは俺の言葉を聞きながら、エンシェント・ライノに行き先を告《つ》げる。

……うん。

とりあえず俺は、エンシェント・ライノの交通事故にだけは巻き込まれないように気をつけておこう。

真竜《しんりゅう》との戦いには何度か生き残った経験があるが……あのエンシェント・ライノ相手の交通事故では、生き残れる気がしないし。

◇

『うーん、これがいちばん、おおきいかなぁ……？』

『こっちだとおもうー！』


探索が始まってから数時間後。

プラウド・ウルフやエンシェント・ライノをこき使って島中を探索したスライムたちは、無事に一番大きい『地母神の涙』の候補をいくつか見つけ、その大きさを比べていた。

ちなみに今回は『地母神の涙』を砕《くだ》かず、周りの地面を魔法やエンシェント・ライノの力技で掘り下げることによって、無理やり地上に全体を露出させている。

こうすることによって全体の大きさを比較できる上に、スライムによる収納も可能になるというわけだ。

地面に埋まったままの『地母神の涙』は収納できなかったからな。

『えっと、こっちは……ぼくたち15匹分くらいかなー？』

『こっちは、13匹くらい……？』

『でもぼくたち、ちょっとずつ大きさがちがう気がする……』

どうやら大きさの比較は上手《うま》くいっていないようだな。

まあ、不定形のスライムをものさし代わりに使うこと自体、何かが間違っているような気がするが。

そもそもスライム何匹分か……という感じで長さを測ったところで、『地母神の涙』は複雑な形をしているので、体積の比較にはならないと思うけどな。

などと考えながらスライム会議を見守るうちに、話がまとまったようだ。

スライムは結局、『15匹分くらい』と言っていた『地母神の涙』を持って帰ることに決めたらしい。

『15匹分くらい』と言われていた『地母神の涙』は長細い形をしているので、丸い形をした『13匹分くらい』の『地母神の涙』のほうが、少し大きいような気がするのだが……まあ、どちらでもいいか。

『分かった。それを持って帰っていいぞ』

『やったー！』

『でっかいやつ、そだてるー！』

そう言ってスライムは、巨大な『地母神の涙』を収納した。

そして、選ばれなかったほうの近くにいたスライムたちは、俺たちのもとに帰ってくる……と見せかけて、そいつらも『地母神の涙』を収納しようとし始めた。

『おい、『感覚共有』で見えてるからな』

『バレたー！』

『なんで、みてるのー⁉』

そう言いながらスライムたちは、『地母神の涙』を元の場所に戻す。
うん。何となくそんな気がしたから、一応監視しておいたんだよな。
最近は、何となくスライムたちの行動が読めるようになってきた気がする。

……とりあえず、これで今日の調査は終了でよさそうだな。
島に上陸するブレイザーたちにも、危険はないだろうし。

◇

それから数日後。
ブレイザーたちの偵察は無事に終わり……その偵察結果がもたらされたクルジアの街は、今までにない慌ただしさを見せていた。

「クルジアの港にこんな船が集まってるの、初めて見たぜ……」

「っていうか、入りきってすらいないよな……」

港に並んだ船を見て、ブレイザーたちがそう呟《つぶや》く。

2人の言葉通り、クルジアの港には凄《すさ》まじい数の船が集まっていた。

港の岸壁にスペースが足りないため、沖合で待っている船も沢山いる有様《ありさま》だ。

岸壁についた船は船で、隣との間隔が狭すぎて、衝突事故が心配になってくるような状況だった。

「こんなに船が密集してて、ぶつかったりしないのか……？」

「あちこちの港から、腕利《うでき》きの船乗りを集めてるって話だぜ」

「たった数日で、そこまでやったのか……」

クルジアに大量の船が集まっているのは、『地母神の涙』を採掘するためだ。

今までは島が魔物だらけの危険地帯だったため、島で採掘作業ができるのはごく限られた冒険者だけだった。

そのため、たった1隻《せき》の船に冒険者を支援するための設備を積み、連絡船として運行していたわけだ。


だが今は違う。

島にいた魔物は一掃され、イビルドミナス島は安全な島となった。

今のところ、再度魔物が発生したという情報もないので……むしろ俺たちが住んでいる大陸などと比べても、安全なくらいだ。


しかし、こんな状況がいつまで続くかは分からない。

島を襲った業火《ごうか》の原因を国やギルドが知らない以上、島の状況が安定しているうちに可能な限り多くの『地母神の涙』を確保したい……と考えるのは、自然なことだろう。

そこでイビルドミナス島から近い場所にあるクルジアの港に、大量の船が集められたというわけだ。

「船だけじゃなくて、採掘のほうもプロを連れて来てるって話だぜ」

そう言ってブレイザーが、大きなつるはしを持って船に乗り込んでいく人々を指す。

どうやら彼らが、採掘のプロのようだ。

「どこから連れてきたんだ？」

「クルジアから馬車で10日以内の場所にある国営の鉱山は全部、イビルドミナス島を掘り尽くすまで操業停止だとよ。仕事がしたければ島に来いってわけだ」

「さ……流石《さすが》に横暴じゃないか？」

「その代わり、島までの移動時間にすら給料が出るらしいけどな。それも超高給らしいぜ」

なるほど、アメとムチというわけか。

ホワイトと言っていいのかは分からないが……まあ、魔物の再発生さえなければ危険のある依頼でもないし、そう悪い話でもないのか。

ちなみに俺たちも後で連絡船に乗って、イビルドミナス島へと行くことになる。

俺たちの役目は、万が一魔物が再発生した場合に、採掘のために送り込まれた人々を守ることだ。

もし再発生がなければ、島の中で座っているだけの依頼になるが……もし魔物が出なかったとしても、俺たちは1日に100万チコルもの報酬を受け取ることになる。

護衛への金のかけ方からも、王国がこのイビルドミナス島採掘作戦をどれだけ重視しているかが伝わってくるというものだろう。

まさに総力戦の体制で、一気に島を掘り尽くそうというわけだ。

それから数時間後。
俺《おれ》たちは採掘用の船団を先導するように進む連絡船で、上陸の準備をしていた。
連絡船が出港したのは、クルジアに集まっていた船の中でも最後のほうだったのだが……航路の途中で他の船をどんどん抜かし、気付けば先頭にいたのだ。

「俺たちが一番乗りか……」

「ああ。連絡船はとにかく速いからな」

どうやらイビルドミナス連絡船は王国が重要視しているだけあって、とても速い船が使われているようだ。
まあ、護衛の俺たちが上陸前につかなくては意味がないので、ちゃんと追いつけるタイミングを計算して出港していたのだろうが。

そして……。

「なんか、船が増えてないか？」

イビルドミナス島の周りには、沢山の船が集まっている。
大小問わず、古いものから新しいものまで……とにかく海に浮かぶものなら何でも持ってこいとばかりに集めたんじゃないかと思うような数だ。
流石《さすが》に沈みそうなレベルのものは混ざっていないが……その数はクルジア港に集まっていた船に比べても、数倍はあるように見えた。

しかも、ここに来る時にはいなかった、大量の材木などを積んだ船まである。
工事でもするのだろうか。

「ああ。多分よその港からも集めてるんだろうな。クルジア港はそんなに大きくないし、入りきらなかったんだろ」

「……なんか、木材を積んだ船がいっぱいいるんだが……何に使うか知ってるか？」

「いや……聞いてないな。まずは船つき場のあたりを守れと言われているが……」

などと会話しつつ俺たちは、船を降りた。

船つき場とはいっても、特に設備があるわけではなく、ただ比較的水深が深いだけの岸壁という感じだ。

相変わらず、まともに着岸できるような場所ではなかったが……魔物を気にしないでいいので、普通に降りることができた。

そして俺たちが陸に降りて、周囲の索敵《さくてき》を終えたところで……材木を積んだ船に動きがあった。

積まれていた材木が次々に小舟へと載せられ、岸壁から陸へと上げられていく。

船つき場のあたりには、あっという間に大量の木材が積み上がった。

そして、木材と一緒に運ばれてきた大工たちは、それを使って巨大な箱のようなものを組み立て始める。

箱が組み上がると、大工たちはそれをロープにつなぎ、海へと投げ込んだ。

「なるほど……浮き桟橋《さんばし》ってわけか」

俺たちが島についてから1時間ほど経《た》ったころ。
大工たちが作っていた箱は、数十メートルも続く長大な浮き桟橋になっていた。
島の外に集まっていた船が次々に浮き桟橋へとつき、人や荷物が降ろされ始める。

「荷物を運ぶなら、スライムで運べばよかった気もするが……」

「まあ、ギルドとしてもそこまでユージに頼りたくはないんだろう。ユージ1人に何かあっただけで、作戦の全《すべ》てが破綻《はたん》するわけだからな」

「確かにそうだな……」

そう言っている間にも、採掘部隊と思《おぼ》しき人々が、どんどん島の中へと入っていく。
案内しているのはイビルドミナス島での経験がある冒険者なので、迷うことはなさそうだが……おっかなびっくりという感じだ。

冒険者による索敵網によって、島に魔物がいないことは確認されているのだが、怖いことは怖いのだろう。

「それで……島に魔物がいないなら、俺たちは何をすればいいんだ？」

「魔物が出てくるまで待って、もし出てきたら倒すくらいだな。それ以外は……まあ、空でも眺めてればいいんじゃないか？」

「……イビルドミナス島とは思えない平和さだな」

「ああ。平和だ……」

それから数時間、俺たちは島の中を見回って過ごした。

見回るとは言っても、監視はスライムたちがやっているので、ほとんどただ歩き回っているだけだが。

「これで1日100万チコルって……割がよすぎないか？」

俺はスライムたちに監視を任せている間に、同じく暇《ひま》そうにしていたブレイザーに話しかけてみた。

監視組のスライムたちも、とても暇そうだ。

植物の滅んでしまった島では『道草を食う』こともできないので、スライムたちも本当にすることもないのだろう。

「確かに高いな。……まあ、これからイビルドミナス島での依頼がなくなることへの補償も兼ねてるんだろ」

「なるほど……確かに、採掘の仕事はなくなるしな」

安全度に対して報酬が高すぎるような気もしていたのだが、補償という事情もあったのか。

イビルドミナス島での採掘依頼はとても報酬が高かったので、それがなくなるのは冒険者にとってかなりの痛手な気がする。

今、大勢の採掘組が凄《すさ》まじい勢いで掘っている『地母神《ちぼしん》の涙』は元々、イビルドミナス島に入れる冒険者たちが採ってくれれば1グラム5400チコルもの値段で売れたものだしな。

「この『地母神の涙』の採掘って、どのくらいの間続くんだ？」

「埋蔵量と採掘ペースからの計算では、1ヶ月もすれば枯渇《こかつ》するらしいぞ。……そうなれば、俺たちの仕事もなくなるな」


そう言ってブレイザーが、イビルドミナス島の入港許可証を見つめる。

やはり今まで島で働いてきた人間として、ここでの仕事がなくなるのは残念なのだろう。

俺が島を焼き払わなかったら、ブレイザーたちの仕事がなくなることもなかったんだよな。

あの状況では仕方がなかったとはいえ、申し訳ない気持ちになる。

そんなことを考えていると、ブレイザーが口を開いた。


「いよいよ、俺たちもお役御免《やくごめん》か……。あの炎には、感謝しなきゃならないな」


……感謝？

なんだか少し、思っていたのと違う言葉が出てきたな。

てっきり仕事を奪った炎を、恨《うら》んでいると思っていたのだが……。

「あの炎のせいで、島での仕事がなくなるんだよな？　……どこに感謝する要素があるんだ？」

俺がそう尋ねると……ブレイザーが顔を上げた。

なんというか、心底意外そうな顔だ。

「ユージ、本気で言ってるのか？」

「……何をだ？」

「いや……まさかイビルドミナス島での仕事がなくなって悲しむ奴《やつ》がいるとは思わなかった。もしかしてユージにとっては、島の依頼も普通に割がよかったりするのか……？」

うん……？

俺以外にとって、この島の依頼は割がよくなかったのか……？

島の冒険者たちは、みんな金持ちなイメージだったのだが……。

「イビルドミナス島の依頼って、割がいいんじゃないのか?」

「まあ金額だけで見たら、割はいいかもしれないな。安全度を考えると、全然割には合っていないが。……正直、生きてイビルドミナス島を引退できるとは思ってなかったぜ」

「……生きてって……」

「大真面目《おおまじめ》な話だぞ。今の10分の1の収入でいいから大陸に帰りたいって、毎日思ってたさ。この島で戦える冒険者なら、10分の1と言わず3割くらいの報酬がもらえる依頼も、大陸にだっていくらでもあるしな」

……そこまで思ってたのか。

確かに危ないことは危ないが、島で戦っている冒険者はそれなりに安全を確保できるものだと思っていた……。

島に来たばかりの頃《ころ》、島の中で死んだ時に遺産を残す相手を聞かれたのを思い出すな。

あれは本当に必要なことだったというわけか。

というか……。

「ブレイザーは島が嫌なのに、この島での依頼を受け続けてたのか？」

「そりゃ俺たちがやらなきゃ、他にできる奴がいないからな。新人の頃から世話になった支部長に頼み込まれちゃ仕方ない。……せっかく来ても1ヶ月もせずに帰っちまう奴がほとんどだから、島の人手はいつも足りなかったしな」

なるほど。

俺の時にも支部長から依頼書が来たが、成人してからこの世界に来たような俺とは違って、最初からこの世界にいる冒険者は、色々と人間関係があるだろうからな……。

イビルドミナス島は一攫千金《いっかくせんきん》のゴールドラッシュのように見えて、実は誰《だれ》も行きたがらない貧乏《びんぼう》くじだったのかもしれない。

確かに俺が冒険者だったら、船以外に逃げ場のない島で高い石を探すよりも、大陸で普通の依頼を受けて暮らしたい気がするな。

この島に来る冒険者はみんな支部の主力級だろうから、程《ほど》よく安全な依頼でも、数をこなせば十分な収入になるだろうし。

かといって誰もやらないわけにはいかないのが、この島の厄介《やっかい》なところだったのだろう。

何しろ、『地母神の涙』がなければ、王国の食料供給は立ち行かないらしいしな。

「ちなみに……この島に急に魔物が戻ってきたら、どうなるんだ？」

「その時はみんな引き上げて、島は放置だろうな。……今日掘ったぶんだけでも、王国の食料供給が数百年は賄《まかな》えるはずだ。……まあ足りないようなら掘りに戻ってくるかもしれないが、できれば考えたくねえな……」

なるほど。

確かに、今までちまちま掘っていた量で足りていたのなら、このペースで掘ったのが1日分もあればしばらくは足りるか。

ということは……もう島に残る必要はなさそうだな。

『エンシェント・ライノ、聞こえるか？』

『ああ。聞こえるぞ、主《あるじ》よ』

『この前言っていた、呪《のろ》いの場所に行ってみようと思う』

俺がこの島を焼き払ったのは元々、島の中心付近にあった窪地《くぼち》に無数の魔物が発生し、今にも島中に溢《あふ》れ出そうとしていたというのが理由だ。

その原因は恐らく呪い——ドライアドの話だと、明らかに自然発生ではない……人工の呪いらしい。

その源《みなもと》となった呪いの場所をエンシェント・ライノが知っていると言っていたので、そこを偵察しに行けるタイミングを見計らっていたのだ。

『了解した。主が行くと言うのなら、いつでも案内しよう』

『頼んだ。……今日の夜の船で大陸に帰って、明日の朝に出発だな』

今日の分の島内護衛依頼はもう受けてしまったので、途中で放棄《ほうき》するわけにはいかないからな。

幸い、現在のイビルドミナス島では昼夜問わずの大量輸送が行われる予定なので、少し前のように1日2便しかない船を待つ必要はない。

依頼の期間が終わったら、すぐに島を出るとしよう。


『この島、おわりー!?』

『やったー!』


俺たちの話を聞いて、スライムたちが喜び始めた。

……焼き払った後のイビルドミナス島は、スライムたちが食べる草すらない不毛の地だからな……。

島を出ることをスライムたちが喜ぶのも無理はない……というか、むしろ今までよく文句《もんく》も言わずに素敵を続けていてくれたものだ。

◇

翌日。

何事もなく大陸に戻り、宿で一夜を明かした俺は、呪いの場所に向かう準備をしていた。

ちなみにイビルドミナス島には、万一に備えて少数のスライムを残している。

あの島にスライムの食料はないので、食料は全て持ち込みだ。

例によって居残り組のスライムには多めの食料が用意されるため、居残り枠は争奪戦になったのだが……あらかじめ残っていい数はちゃんと伝えていたので、帰るまでには決まっていた。

『それで……呪いの場所ってどこだ？』

『流石に大昔な上に距離が遠すぎて、感覚では分からないな……。主、地図はあるか？』

『ああ』

俺はそう言って、エンシェント・ライノの前に地図を置く。

それを見て、エンシェント・ライノは首を横に振った。

『すまない主……この地図の範囲ではないようだ。もっと広範囲の地図が必要になる』

なるほど。

この地図は、俺がいる国（リステア王国という名前らしい）の主要な都市がほとんど入るような地図のはずなのだが……まさか、他国なんてことはないよな？

などと考えつつ俺は、代わりを探すことにする。

確かもう1枚、他の大陸まで入るような地図があったはずだ。

『スライム、確か、もっと広い地図があったよな？』

『あるよー！』

そう言ってスライムは、俺がイメージしていた地図を取り出した。

この世界では地図が割と貴重品のようで、特に正確で広範囲な地図というのは手に入りにくい。

ギルドなどでも範囲の狭い地図や、かなり簡略化した地図ばかりなのだ。

恐らく地図が一般に出回っていないのは、軍事的な理由もあるのだろう。

特に敵国などの地形は、重要な軍事情報だろうからな。

まあ、人間同士で戦争をしているという話は聞いたことがないのだが……完全な平和がずっと続いているというわけでもないだろうしな。


そんな世界の中で、広範囲な地図をどうやって手に入れたのかというと……実は『救済の蒼月《そうげつ》』から盗んできた資料の中に、地図が混じっていたのだ。

見た感じ、結構正確そうだったので、今はその地図を使うことが多い。

まあ、そこまで正確な地形図が必要になるような場面自体が少ないのだが、こういう場面では役に立つな。


『エンシェント・ライノ、この地図で大丈夫《だいじょうぶ》か？』

『ああ。……やはり私が封印される前の時代とは、地形が結構変わっているな……。大陸の形とかも、少し違うような気がする』

地形が変わっているのか……。

まあ、文明が一度滅んで復活するまでの時間を考えると、大陸の形くらい変わっていてもおかしくはないが。

島自体の形が変わっていなくても、海水面の高さとかが変わっていると、結構違って見えるだろうしな。

……ただ単に地図の精度が低いだけという可能性も、普通にあるけどな。

話を聞く限り、エンシェント・ライノが封印される前の時代は、今より技術も発達していたみたいだし。

などと考えつつ俺は、エンシェント・ライノの様子を見る。

するとエンシェント・ライノは少し考えてから、地図の一点を角で指した。

『恐らく、このあたりだ』

エンシェント・ライノが指したのは、リステア王国の端っこ……オーメン帝国との国境付近だった。

とりあえず、国内みたいで安心だな。

外国に出るとなると、色々と面倒くさそうだし。

『……正直なところ、大雑把《おおざっぱ》な場所までしかわからない。あまり役に立てなくてすまない……』

『いや。確かエンシェント・ライノが呪いを見たのって、封印される前の話だよな？』

『ああ。封印されてから主に会うまでは、あの程度の呪いを感じ取れるような状態ではなかったからな……』

何千年も前の話なら、大雑把にしか覚えていないのは仕方がないだろう。

そもそも大陸の形すら変わっているのだから、位置を正確に覚えていたとしても、当時の『その場所』が今の地図でどこに当たるのかを判断するのは簡単ではない。

それこそ、考古学者とかの仕事になってしまう。

まあ、別にそこまで急ぎという訳でもないし、それっぽいエリアを片っ端から人海戦術ならぬスライム海戦術で調べて回れば、そのうち見つかるだろう。
エンシェント・ライノの時代から現代になるまでの間にそこの呪いが移動してしまっている可能性もあるが……まあ、ヒントがないよりはずっといい。

『このあたりだと……地図が正しければ、デクレンっていう街があるみたいだな。プラウド・ウルフの足で2日もあればつくだろう』

『了解ッス！　俺の出番っスねー』

『ああ。頼んだ』

国境付近となると、流石に結構な距離がある。
エンシェント・ライノに乗ってスピードを出せば今日中につくだろうが、それは交通事故死と隣り合わせなので……できれば安全運転でいきたいところだ。

第六章

それから2日後。

俺《おれ》がプラウド・ウルフに乗ってデクレンへと移動していると、先行偵察していたスラバードが声を上げた。


『ゆーじ～！　街が見えてきたよ～！』


大体地図通りの位置だな。

どうやら『救済の蒼月《そうげつ》』の地図は合っていたようだ。


などと考えつつ俺は『感覚共有』を使い、街の様子を観察する。

以前にはオルダリオンという街が丸ごと『救済の蒼月』のアジトになっていたようなこともあったからな。

知らない街に行くときには、多少の偵察をするようにしているというわけだ。

『なんか、寂《さび》れてるな……。街っていうか、村じゃないか？』


デクレンの街は、空から見ただけで分かるほど寂れていた。

人が少ないいし、街を歩いているのも老人ばかりだ。

店なども少ないようだし、まさに農村といった感じだ。


考えてみると、この世界に来てからこういう場所に来たのは初めてかもしれない。

恐らくこの世界にも農村は沢山あるのだろうが、冒険者が集まるような街をメインに活動していたので、触《ふ》れる機会が少なかったのだ。


寂れているのは、国境付近の辺境だからという理由もあるのかもしれないが……この街に、ギルドはあるのだろうか。

冒険者らしい人の姿など、全《まった》く見当たらないのだが。


まあ、とりあえず危ないものはなさそうだ。

あとは街に入ってから考えればいいだろう。

『プラウド・ウルフ、エンシェント・ライノ。一旦《いったん》街の外で待機してくれ』

『了解ッス！』

ともかく、一旦は街に入ることにしよう。
ギルドがないとしても、できれば宿は欲しい。
長期間の調査になる可能性を考えると、流石《さすが》に野宿を続けるのは避けたいところだ。
オフィスの床で寝るのには慣れているが、野宿にはあまり慣れていないしな。
もし宿すらない街だったら……まあ、諦《あきら》めて野宿することにしよう。

冒険者の少ない街にプラウド・ウルフを連れて行くと混乱を引き起こす可能性もあるので、プラウド・ウルフはエンシェント・ライノと外で留守番だ。
テイマーなど、あまり見慣れていない可能性もあるしな。

◇

それから30分ほど後。

俺は何事もなくデクレンの街へと入り、スライムと共にギルドを探していた。

今までの街では、街の入口などに衛兵がいたので場所を聞けたのだが……この街は門番すらいなかったのだ。


『みつけたよー！』

『ギルド、あったよー！』


そもそもギルドがあるのか……という懸念《けねん》はあったが、どうやら見つかったようだ。

俺はスライムたちの案内にしたがって、ギルドへと向かう。

すると……『冒険者ギルド　デ　ン支部』と書かれた看板のついた建物が見えてきた。

恐らく元々は『デクレン支部』と書かれていたのだろうが、一部の文字が剥《は》がれてしまっているようだ。

ちゃんと営業しているのか、不安になってくる見た目だな。

などと考えつつ、俺は扉を開く。

すると……中にはちゃんと人がいた。

というか、沢山いた。

ただし、今までのギルドで見たような、いかにも冒険者といった感じの人々ではない。

何人もの老人たちが、据《す》え付けられた椅子《いす》に座っていた。

「ん？　お客さんかえ？」

「おお、若い冒険者だ。珍しいの」

「旅の人かね？」

「おぉ、若い人だ！　……そうだ、干し肉食べんかね？」

彼らは俺がギルドに入ってきたのを見ると……俺のもとへと集まってきた。

どうやら俺のような若い冒険者は、この街では珍しいようだ。

集まるだけではなく、自家製と思しき干し肉を食べさせようとする老人もいる……老人ホームに来た小学生が飴《あめ》をもらうようなものか？


「……あの、ここはギルドで合ってるか……？」


俺はそう言って、カウンターの方を見る。

このギルドにも他の支部のように、見慣れた受付のカウンターがあったが……その奥には誰《だれ》もいない。

その上、依頼も貼《は》り出されていない。

今までに行ったギルドでは、壁に依頼書などが貼ってあったものだが……1枚も見当たらないのだ。

もしや……元々ギルドだった建物が、民家か何かに改装されたのだろうか。

しかし俺を見た人が『冒険者だ』って言ってたしな……。

などと思案していると、老人の1人が答えてくれた。

「ああ、合っとる合っとる」

「依頼を受けに来たのかね？　……ええと、ちょっと待っとってくれ」

そう言って1人のお爺《じい》さんがギルドのカウンターの横を通り抜け、奥の方へと入っていった。

……ギルド職員には見えない老人だが、入って大丈夫《だいじょうぶ》なのだろうか。

なんというか、自由だな……。

「ほれ、婆《ばあ》さんを連れてきたぞ」

「いらっしゃい。初めて見る顔だね」

お爺さんが連れてきたのは、見慣れたギルドの制服を着たお婆さんだった。

恐らく彼女が、ここのギルドの受付なのだろう。

とは言っても……受ける依頼は見当たらないのだが。

だが逆に、こういう人のほうが知識は豊富かもしれない。
問題はこの人に、何を聞けばいいのかだが。

『エンシェント・ライノ。呪《のろ》いに何か目印になるようなものってあるか？』

『うむ……呪いは異変を引き起こすこともあるが、どんなものかは決まっていないな……。呪いのキノコだったり、木だったり……変わったところでは、アンデッドが発生したりもするな』

『そうか……』

実はここに来る前にも、エンシェント・ライノには同じことを聞いている。
呪いが起こす現象は多彩で、特にここにあったような弱い呪いだと、周囲の環境によって影響の出方が全く変わってくるらしい。
近くに来たら、何か絞り込めるような情報が見つかるかと思ったのだが……そうもいかなかったようだ。

俺が考え込んでいると、老人1人が口を開いた。

「若い人、黙ってしまって、どうしたんだえ?」

「……ほら、依頼書がないから戸惑ってるんじゃないかね? 今風のギルドでは壁に貼るって、都会に出た孫が……」

「ああ、そういえば!」

なるほど。

『今風』ではないギルドでは、依頼書を壁に貼らなかったのか。

「すまんな若い人、ここではあの婆さんが依頼を紹介するんだ」

「なるほど……」

別に依頼を受けに来たわけではないのだが、なんだかそう言いにくい雰囲気になってしまったな。

そう思っていると、受付のお婆さんが俺に話しかけた。

「ええと、若い人。若いってことは、強いんだろう？　見たとこ強そうだべ」

いや、どんな理屈だよ。

若い冒険者にだって、弱い冒険者はいくらでもいるだろう……。

「でも婆さん、若いの、スライム連れてるべ。テイマーじゃねえか？」

「ああ、そういえば！　……頼みたい依頼があったんだども、テイマーじゃきついかぁ……」

「んだんだ。いくら若くてもテイマーじゃの……たぶん弱いべ」

老人たちがスライムを見て、残念そうな顔をする。

やっぱり、テイマーが弱いっていう認識は昔からあったんだな……。

そう思っていると、受付のお婆さんが首をかしげた。

「うーん。この若い人、強いと思うんだけどなぁ……なぁ、ベルド爺さんはどう思う?」

受付のお婆さんはそう言って、ギルドの奥の方にいたお爺さんの方を見た。
集まっている老人の中でも特に年をとった雰囲気のお爺さんだ。
お爺さんは俺を観察して……一言だけつぶやいた。

「強い」

ベルド爺さんの言葉を聞いて、周囲の老人たちが驚いた顔をする。
受付のお婆さんは、嬉《うれ》しそうな顔をした。

「ほら、私の目は間違ってないべ」

「ああ。ベルド爺さんが言うなら間違いねえ」

「若いの、たぶん弱いとか言って悪かったの。ワシの勘違いじゃった……」

どうやらこのギルドでは、彼の意見がすごく信用されているようだ。
ベルド爺さん、何者なのだろうか……。

「ベルド爺さんがそう言うなら……あの依頼、頼んでもいいんでねえか？」

「んだんだ。ちょうど困ってたとこだしな」

あの依頼とはなんだろうか。
俺はまだ別に受けると言ったわけではないのだが……話が勝手に進んでいく。
田舎《いなか》のギルドというのは、なかなか独特なようだ。
そもそも都会のギルドだと俺が話す相手は受付嬢だけで、他の人と話すことはないし。
しかし、この流れをどう断ち切ったものか。
そう思案していると、話の流れが変わり始めた。

「でも、テイマーじゃなぁ。あの依頼は強い弱いの話じゃないべ」

「確かにそうだべな……」

「どんなに強くても、テイマーじゃ無理かぁ……」

どうやら受付のお婆さんが俺に頼もうとしている依頼は、どんなに強くてもテイマーでは厳しい類《たぐい》の依頼のようだ。

……しかし『どんなに強くても』という表現は気になるな。

強さでは何とかならないような依頼なのだろうか。

となると……単純な魔物の討伐《とうばつ》などではなさそうだな。

その上、わざわざ頼みたいほど困っているとなると、何らかの異変……呪いによる異変が起こっている可能性もあるか？

「テイマーでは無理な依頼なのか？」

「ああ。いくら強いテイマーでも、魔法は使えんのじゃろ？　それじゃ、あいつらには勝てんて」

魔法が必要なのか。

……魔法を使えない相手というと水魔法を浴びせて倒した『ブルーレッサーファイアドラゴン』などが思い浮かぶが、あれは普通に水を運ぶのが正攻法らしいんだよな。

それ以外で、魔法以外で倒せない魔物というと……どんなものだろう？

「どんな相手なんだ？」

「レイスって、知っとるか？」

「……レイス？」

聞き慣れない言葉だ。

魔物の名前だろうか。

「なんか透明で、不気味《ぶきみ》な人型の魔物だべ。鍬《くわ》で突いてもすり抜けるし、ワシらの農具ではどうにもできん……」

……農具で戦ってるのか……。
なんというか、色々と異次元のギルドだな。
しかし、透明で人型で、武器で突いてもすり抜ける魔物か。
それは……幽霊か何かではないだろうか。

「魔法を使えば倒せるのか？」

「ああ。ミルド婆さんが炎魔法で倒してたんだが、2年前にくたばっちまってな。しばらくは何事もなかったんだども……最近になって、急に増え始めたべ」

炎魔法か。
確かに、幽霊には効きそうなイメージがあるな。
戦っていた人の話を聞きたいところだったのだが、死んでしまったのか……。

「惜《お》しい人をなくしたべな……」

「んだんだ」

「ワシらもいつお迎えがくるか……」

なんだか悲しい空気になってしまった。

このあたりの冒険者は、戦闘ではなく寿命で死ぬ心配をしなければならないのか……。

まあ、今重要なのはそこではないな。

さっきの会話で、重要な情報があった。

幽霊の魔物……つまり、アンデッドが出ているという話だ。

エンシェント・ライノは呪いによって起こる異変の1つとして、アンデッドの発生を挙げていた。

それに関する依頼があるとしたら……まさにその依頼区域こそ俺が探している場所ではない

だろうか。

しかも最近になってから急に増え始めたというあたりも、気になるところだ。
まさにイビルドミナス島の件があったタイミングだからな。

「魔法、使えるぞ」

「ほ、本当だべか⁉」

俺の言葉を聞いて、受付のおばあさんは嬉しそうな顔をした。
幽霊の魔物を倒せる人がいなくなって、困っていたのかもしれないな。

「ああ。とりあえず炎魔法の『火球』は扱えるが……それで十分か？」

「火球……それ、ミルド婆さんがレイス退治に使ってたのと同じ魔法だべ！」

……ミルドお婆さんも、火球を使っていたのか。

実績のある魔法ということなら、問題はなさそうだな。

「ところで、レイスってどんな危害があるんだ？」

通常の魔物がどんな攻撃を仕掛けてくるのかは見るだけで分かるが、幽霊がどんな攻撃をしてくるのかは、いまいちイメージがつかない。

ギルドが依頼を出すということは、無害というわけでもないのだろうし、一応聞いておくべきだろう。

「あー……あいつら、引《ひ》っ掻《か》いてくるべ」

「引っ掻くのか……武器がすり抜けるような体なのに、敵の引っ掻きは俺たちに当たるのか？」

「んだんだ。魔物とか人間の爪《つめ》とはちょっと違って、魔法を食らった時みたいな傷になるべ」

なるほど……引っ掻きとはいっても、物理的な攻撃ではないのか。

となると防御結界は、対魔法結界などがいいのだろうか。

まあ、防御スキルに関しては現地に向かいながら考えるとするか。

「あとは、レイスの出現範囲だな。……分かる範囲でいいから、教えてくれ」

第七章

翌朝。

俺《おれ》はギルドでもらったレイス出現域の地図を見ながら、レイスのいる場所へと向かっていた。

やろうと思えば、昨日から調査できないこともなかったのだが……幽霊みたいな魔物が相手となると、やっぱり夜よりも昼に戦いたいからな。

時間を気にする意味があるのかは分からないが、初めて相手にする系統の魔物なので、慎重《しんちょう》にいくに越したことはないだろう。

『レイスの出現域、結構広いな……。とりあえず端から探索して、真《ま》ん中《なか》を目指してみるか』

『了解ッス！　このまま乗って行くっスか？』

レイスの出現報告は、おおよそ円形に分布している。

となれば、真ん中に何かあると考えるのが自然だろう。

しかし、一口に『円形の範囲』とは言っても、その広さは馬鹿《ばか》にならない。

広大な森のほぼ全体がレイスの出現域……イビルドミナス島よりも、レイスの出現範囲のほうがはるかに広いくらいだ。

レイスの出る場所をプラウド・ウルフに乗って突っ切る覚悟があれば、すぐにつくのだが……ゆっくり警戒しながら進んだりすると、丸1日近くかかりそうだな。

中心だけではなく範囲全域を探索するとなると、それこそ1ヶ月単位の時間が必要になりそうだ。

できれば、中心付近に何かあってくれるといいのだが。

『そうだな……とりあえず、レイスと何度か戦うまでは、歩いて進むことにしよう。最初は慎重に行きたい』

『了解ッス！』

俺の言葉を聞いて、プラウド・ウルフが立ち止まる。

今まで戦った経験のない幽霊に囲まれるのは嫌なので、最初は慎重に索敵《さくてき》から進めようというわけだ。


まずはいつも通りに、スライムで索敵網を広げるべきだろうな。

そう考えて俺は、スライムたちに告《つ》げる。


『スライム、散らばって魔物を探してくれ』


……いつもなら、スライムたちは喜んであちこちに散らばっていくところだ。

何しろ森での索敵では、道草を食い放題だからな。


ある程度索敵をしている限り、スライムたちが道草を食っていても俺は文句《もんく》を言わない。

スライムの数が増えているので、食いながらでもそこそこ索敵ができるのだ。

本当に危ない場面では、ちゃんと集中してもらわなければまずいが……そういう場面では、スライムたちも状況を察して、ちゃんと動いてくれるし。

というわけで、索敵の時間はスライムたちにとって楽しい食事タイムだというわけだ。
俺が索敵開始を宣言すると、スライムたちは我先にと散らばっていく。
普段ならばそうだ。

だが、今日は違った。
俺が指示を出しても、スライムたちは一向に動こうとしない。
もしや……呪《のろ》いか何かの影響で、通信が届いていないのだろうか。

『スライム、聞こえるか？』

『きこえるよー！』

……どうやら聞こえてはいるようだな。
だがスライムたちは、いっこうに索敵に行こうとはしない。

『索敵、いかないのか？』

『……こわいー！』

なんと。

どうやらスライムたちは、幽霊……というかレイスが怖いようだ。

食欲より恐怖が勝るとは……スライムたちにしては珍しいな。

プラウドウルフが震え上がって縮こまっているのはいつものことだが、スライムたちはのんき……もとい勇敢に進んでいくことが多かったはずなのだが。

何か理由があるのだろうか。

などと考えていると……理由に思い当たった。

そういえばレイスの引《ひ》っ掻《か》き攻撃は、物理攻撃ではなく一種の魔法のようなものらしい。

そしてスライムは物理攻撃には強いが、魔法攻撃にはさほど強くない。

もしやレイスは、スライムにとって天敵なのではないだろうか。

『もしかしてレイスって、スライムにとって危ない相手なのか？』

『うんー！』

『ちかくにいたスライムが、オバケは怖いって言ってたー！』

どうやら、レイスが怖いということで間違いないようだな……。

近所のスライムの事前情報で、スライムたちはそのことを知ったのだろう。

スライムは物理攻撃に強いというだけで、魔物としての耐久力は非常に低い。

魔法攻撃がまともに当たれば、それこそ一撃で死んでしまうだろう。

となると……今回の探索ではスライムを散らばらせるような方法を避けたほうがよさそうだな。

それと、スライムの身を守る魔法が必要だが、それに関してはここまで来る途中で見つけていた。

『魔法転送――霊的防御強化』

……『霊的防御強化』。

俺が持っていた魔法の中に、そんな魔法があったのだ。

初めて使う魔法ではあるが……名前からして、レイス対策に使えそうだ。

後は適当に、いつも通りの防御系魔法を施《ほどこ》しておく。

『霊的防御強化』魔法系の防御魔法などもあるので、あまり強い魔法攻撃でなければ、死にはしないはずだ。

とはいえ、正体の分からない攻撃が不気味であることに間違いはないので、攻撃を受ける前に倒すつもりではあるが。

『よし、これで大丈夫《だいじょうぶ》だ。今回は危ないかもしれないから、全員で固まって少しずつ進むぞ』

『『わかったー！』』

『了解した、主《あるじ》よ』

『りょ……了解ッス！　絶対離れないッス！』

プラウド・ウルフもビビっている様子ではあるが……まあ、これはいつものことだから問題はないな。

むしろ知らない魔物を相手に、プラウド・ウルフがビビらないほうが異常事態だ。

それこそ呪いの影響を受けている可能性がある。


……今回はちゃんとビビっているので、ある意味安心だな。

まあ、イビルドミナス島の時くらい勇敢になってくれたら、それはそれで悪くないかもしれないが。


こうして俺たちは、レイスの出る森の中を進み始めた。

スライムの索敵網が使えないとなると、気付いたときには囲まれているような可能性もあるので、気をつけなければならないな。

スラバードで先行偵察ができればだいぶ安全度が上がりそうだが、敵が実体のないレイスであることを考えると、下手《へた》をすれば重力を無視して浮き上がってスラバードを撃墜《げきつい》してくる可能性もある。

残念ながらレイスが空を飛ぶかに関しての情報はギルドでも得られなかったので、スラバードによる偵察も諦《あきら》めたほうがいいだろう。

『スラバードも降りてきてくれ。レイスの森は、上空でも安全とは限らないからな』

『わかった～！』

そう言ってスラバードが降りてきて、プラウド・ウルフの背中に乗った。

これで何かあった時にも、俺の魔法で守れるだろう。

遠くにいても『魔法転送』はできるのだが……やはり一箇所に固まっていたほうが、守りやすいのは間違いないからな。

まあ、これは敵の強さが全《まった》く分からない状況だからこそ使う、超警戒態勢だ。

何度かレイスと戦って実際のところを確認できたら、もう少し索敵範囲を広げてもいいだろうしな。

とりあえずは今の状態で、何度か戦ってみることにしよう。

◇

それから数時間後。
俺は相変わらず、魔物たちを一箇所に集めた状態で、森の中を歩いていた。
別にレイスが危険だったという理由ではない。
それどころか今まで、レイスによる攻撃など一度も受けていない。
何しろ俺たちは未《いま》だに、1匹のレイスとも出会っていないのだから。

『レイス、いないッスね！』

今まで恐る恐る進んでいたプラウド・ウルフも、敵がいないと知ってなんだか元気になり始めた。
恐らく、このまま魔物なんて現れなければいいと思っているのだろう。何となく予想がつく。

『いないねー』

普段なら遠くの魔物すらあっという間に見つけてしまうスライムたちも、今日は何の反応も示していない。

レイスだけではなく普通の魔物も見つからないようだ。

しかし……これだけ見つからないとなると、探し方を変える必要があるかもしれないな。

デクレンの人たちも最近はレイスの出現域を避けるようになっているという話だったので、もしかしたら彼らが立ち入らない間に、レイスの出現域が変わってしまったのかもしれない。

あるいは、イビルドミナス島の呪いが解除されたのに気付いて、島に仕掛けをした者が何らかの影響を起こした……？

ちょっと簡単には推測できないところだが、いずれにしろレイスが見つからないのは確かだ。

などと考えながら歩いていると、地面に落ちた石が目に入った。

もちろん石など、どこにでもあるのだが……この石は、少しだけ青みを帯びている。

「これ……もしかして、レイスの魔石か？」

レイスは基本的に実体を持たない魔物だが、中には核となる小さい魔石が1つだけあるらしい。

ギルドにレイスの報告する時などには、その魔石を持っていけばいいという話だった。

魔石の実物自体は、見たことがないのだが……倒した直後は、青っぽい石だという話だ。

時間とともに段々と色は抜けていくので、慣れてくると魔石からレイスが倒された時期が推測できるらしい。

もしかしてこれは……死んだレイスが落としたものではないだろうか。

そう考えて周囲を見回してみると、似たような石がもう1つ落ちていた。

どうやら、これ1つではないようだ。


「……解呪《かいじゅ》」


試しに俺は、その石に向かって解呪魔法を使ってみた。

すると……石は灰色になり、粉々《こなごな》に砕《くだ》けてしまった。

ただの石であれば、解呪によって影響を受けたりはしないだろう。

明らかに呪いがかかった代物《しろもの》……つまり高確率でこれは、レイスの石だな。

砕ける前の石は結構ちゃんと青かったので、レイスが死んでからの時間はそこまで長くないはずだ。

アンデッドに対して『死んだ』という表現が正しいのかは分からないが……とりあえず、このあたりのレイスに何かが起きたことは間違いなさそうだな。

問題は、このレイスの謎《なぞ》の死が偶然に何件か起きただけなのか、それとも大規模に起きているかだ。

もし大規模なものだとしたら、その原因を探ることで、何かの手がかりが摑《つか》めるかもしれない。

これは……調査が必要だな。

『みんな、こういう青っぽい石を探してくれ。ただし、俺が見える範囲からは出ないこと』

『『わかったー！』』

俺の指示を聞いて、スライムたちが魔石を探し始める。

すると、スライムたちがあちこちで声を上げ始めた。


『あったよー！』

『こっちにも、あったー！』


どうやら、魔石は大量に落ちているようだな。

このあたりで最近、レイスが大量に死んだというのは間違いなさそうだ。

となると……これだけレイスが見つからなかった理由にも説明がつくな。

もしレイスがもういないのであれば、スライムの索敵網を使っても問題はないだろう。

もちろん、森の全域にわたってレイスが消えたと決まったわけではないので、ある程度の警戒は必要だが。


『ゆっくり慎重に、索敵範囲を広げてくれ。……今のところ敵は見つかっていないみたいだが、警戒は怠《おこた》らないようにな』

『『わかったー！』』

そうしてスライムたちが、索敵範囲を広げ始める。
あちことに散らばったスライムたちは、次々とレイスの魔石を見つけていくが……やはりレイス自体は、一向に見つからない。

『や、やっぱりレイスなんて、いなかったんじゃないッスか？』

『……そうかもしれないな』

プラウド・ウルフも、楽観的な発言をし始めた。
そして索敵網が、半径1キロほどに広がった頃《ころ》——1匹のスライムが、声を上げた。

『ぎゃー！　う、後ろ！　後ろー！』

何が起きたのかは分からないが、とにかく焦《あせ》っていることは伝わってくる。

これは……スライムを冷静にさせるより、自分で見たほうが早そうだな。


そう考えて俺は、急いで『感覚共有』を起動する。

スライムの視界を借りた俺の目に入ったのは……叫んだスライムとは別のスライムに向かって、半透明な人影が爪《つめ》を振り下ろす姿だった。


今まさに攻撃を受けようとしているスライムは、全く気付いていない。

……確かに、この状況を見たスライムが『後ろー！』と叫びたくなる気持ちも分かるな。

だが今俺がやるべきことは、攻撃を受けそうなスライムに向かって叫ぶことではない。

今さらスライムが自分の状況に気付いたところで、自分ではどうにもできないだろう。

間に合うかは分からないが……魔法転送で助けるしかない。

元々は『火球』を使うつもりだったが、これだけ距離が近付いていると、スライム自身を燃やしてしまう危険性がある。

今の状況で使える魔法となると、解呪系だな。
解呪で魔石が砕けたところをみると、解呪魔法はレイスに効くはずだ。
出し惜《お》しみをしているような状況ではないので、上位の解呪魔法だな。

『魔法転送――解呪・極《きわみ》！』

俺が発動した解呪魔法は――一瞬遅かった。
レイスの爪がスライムに突き刺さり……何も起きない。

『……え？』

引っ掻かれたスライムが、間抜けな声を上げて振り向いた。
そして解呪魔法が発動して、レイスが一瞬で消滅する。
レイスが消えた後には、青い魔石だけが残った。

『わー、びっくりした！』

どうやらスライムは驚いただけで、何のダメージもないようだな。

念のために使っておいた防御魔法はちゃんと機能したようだ。


しかし、いつもは俺が気付く前に魔物を見つけるスライムが、これだけ近付かれるまで気付かなかったのか。

もしかしたらスライムの知覚は、実体のないレイス相手には弱いのかもしれないな。

感覚共有ではちゃんと見えていたので、視覚ではレイスを見ることができるようだが……普段スライムたちは、視覚ではなく魔力や匂《にお》いによって魔物を見つけている気がするし。


となると……レイスがスライムの天敵だというのは、とても納得がいくな。

『探知能力』と『物理耐性』……スライムにとって最大の武器を2つとも潰《つぶ》せるとなると、まさにスライムを殺すためにいるような魔物だ。

さっきも防御魔法がなければ、どうしようもなかっただろうし。

まあ、今ので防御魔法がちゃんと効くと分かったのは、怪我《けが》の功名《こうみょう》かもしれない。

防御魔法さえ使っていれば、レイスの攻撃はスライムを傷付けられない……つまり、索敵網

を広げても大丈夫だということだ。

『幽霊の攻撃は、『対霊防御』には効かないみたいだ。このまま進んでも大丈夫だぞ。……ただ、念のために2匹1組を作って、互いに背後を確認しながら進んでくれ』

『『わかったー！』』

さっきの件でスライムは自分の背後が見えないことが分かったので、2匹1組で互いの死角をカバーしてもらおうというわけだ。

攻撃を受けたとしても安全そうなことは分かっているのだが……攻撃を受けないに越したことはないからな。

まあ、さっきまで全くレイスが見当たらなかったことを考えると、そこまで多くの敵はいないかもしれない。

たまたま俺がいた場所の周囲だけレイスが少なかったとかなら、話は別だが。

そう考えていたのだが……。

『オバケ、いたよー！』

『こっちにもー！』

『後ろ、後ろー！』

索敵網を広げ始めたら、一気に報告が入り始めた。

逆に、青い魔石を見つけた報告は全くない。

これは本当に、俺の周りだけレイスがいなかったのだろうか。

しかし、原因が分からない。

まさかたまたまレイスがいない場所を、俺が移動し続けたということもないだろう。5分や10分ならともかく、数時間だからな。

逃げた……というのも考えにくい。

もし逃げたのであれば、地面にあんなにレイスの魔石が転がっていたということはないだろう。

　となると……俺の周囲にいるレイスだけが死んだ？

　などと考えつつ俺は、スライムたちの報告を聞き、魔法を使う。

　無数のスライムたちからひっきりなしにレイスの発見報告が入るため、とにかく魔法を使い続けなければ追いつかないのだ。


『魔法転送──解呪』

『魔法転送──解呪』

『魔法転送──解呪』


　試してみて分かったが、基本的にレイス程度であれば通常の解呪で倒せるようだ。

　まあ、別に『解呪・極』もそこまで魔力消費が重いわけではないのだが、無駄遣《むだづか》いはしないに越したことはないだろう。

　というか、別に敵の攻撃は効かないようだし、ある程度は放置してもいいのか？

　ある程度集まってからまとめて殲滅《せんめつ》したほうが楽かもしれないな。

などと考えていると……見慣れない現象が起こった。

「ギャアアアァァァ」

俺は魔法を転送しながらも『感覚共有』を使い、周囲の様子を確認しながら進んでいた。
その途中で……俺が何の攻撃もしていないにもかかわらず、なぜか苦しみ始めたレイスがいたのだ。

『スライム、何かしたか？』

『ぼく、なにもしてないよー！』

感覚共有の対象になったスライムに聞いてみたが、原因は分からない。
というかスライムが何かをしたところで、レイスがこんなに苦しむわけはないだろう。
スライムはそもそも、攻撃手段をほとんど持たない魔物なのだ。

これは……一体なんだろうか。

そう思案していると、苦しんでいたレイスは、ついに消えてしまった。

先程までレイスがいた場所に、ポトリと魔石が落ちる。

「レイスが勝手に死んで、魔石だけ残される……これ、もしかしてさっきまでレイスが見つからなかった原因じゃないか……?」

この現象が連続で起きていたとすれば、確かに今までレイスが見つからなかったのには納得がいく。

そして俺が歩き回っている時にはレイスが見つからず、スライムたちが索敵するようになったところを見るに……原因は俺か?

俺はふと思い立って、『感覚共有』をしていたスライムの場所……つまりレイスが勝手に死んだ場所を確認してみた。

すると、レイスが勝手に死んだ場所は、俺の進行方向にあったことが分かった。

つまり……俺は歩いて、あのレイスに向かって近付いていたわけだ。

『もしかして……レイスって、俺が近付くと死ぬのか?』

俺は万一の場合に備えて近くにいたエンシェント・ライノにそう尋ねてみる。

まあ、別にエンシェント・ライノはレイスの専門家というわけではないだろうが、他に聞ける相手もいないからな。

『いや、私もレイスのことはあまり知らないが……主ほど凄《すさ》まじい魔力を持っている場合、可能性はあるな』

『俺の魔力？』

『ああ。主の魔力は人間離れしている上に、制御がかなり大雑把《おおざっぱ》だ。主の周囲の魔力は、かなり乱れるのではないか？』

魔力の乱れ……。

今まで意識したことはなかったが、確かに俺は魔力の制御などしたことがないし、そのあたりは大雑把なのかもしれないな。

というか、そもそも魔力って制御するものなのか？

覚えている魔法を選んで唱《とな》えれば、普通に魔法は発動してしまうからな……。

普通の魔法使いは、魔力の制御から覚えなければいけないものなのだろうか。

まあ、俺の魔力制御の話は一旦《いったん》置いておこう。

考えたところでどうにかなるものでもないし、そもそも今のところは何の問題もないからな。

むしろ……これはいい話だ。


『プラウド・ウルフ。俺を乗せて適当に走り回ってくれ』

『走り回るって……それでレイスを退治するってことッスか⁉』

『ああ。本当に俺が近付いたせいでレイスが消えているのかを確かめるには、それが一番手っ取り早い』

プラウド・ウルフが俺を乗せて適当に走り回れば、進行方向にいるレイスたちは自動的に俺に近付くことになる。

歩く程度のスピードだと、レイスが死んだのが本当に俺のせいだか分かりにくいが……プラウド・ウルフのスピードなら、次々にレイスたちが俺の近くを通ることになるだろう。
それでレイスたちがバタバタ倒れるようなら、俺に近付くとレイスが死ぬという話で間違いないということになる。

『りょ……了解ッス！』

そう言ってプラウド・ウルフは、俺を乗せて走り始めた。
俺はプラウド・ウルフに振り落とされないように気をつけながら、『感覚共有』で進行方向のスライムたちの感覚を借りる。
すると、そこには……阿鼻叫喚《あびきょうかん》の光景が広がっていた。

「ギャアアアアアァァァァ！」

「イヤダ、イヤダダアアアアァァ！」

「ギエエエエエェェェエ！」

半透明のレイスたちが、次々と苦しみもがいては、魔石へと変わっていく……。

それ以外のエリアのレイスたちは平穏そのものなので、俺の進行方向だけだ。


これは、もう間違いようがないな。

俺に近付かれると、レイスは死ぬようだ。


今まで俺は魔力節約のために通常の『解呪』でレイスを倒していたが、どうやら『解呪』すら必要はなかったらしい。

魔力消費ゼロ、必要なのはプラウド・ウルフの餌代《えさだい》だけという、超お手軽レイス討伐《とうばつ》だ。

昔の田舎《いなか》では田んぼで虫あみを構えながらバイクを走らせ、イナゴを一網打尽《いちもうだじん》にかき集めたという話があるが……そんな感じだな。


イナゴと違ってレイスは食べられないが、まあ討伐依頼の遂行《すいこう》という意味ではこんなに効率的な方法もなかなかない。

別にいちいち攻撃魔法を使わなくても、ずっとプラウド・ウルフに走ってもらっていれば、それだけで依頼は達成できそうだ。

……まあ、流石《さすが》にその間スライムたちが攻撃され続けるのを見守るのもなんだか嫌なので、時々魔法転送はやることにするか。

そう考えて『感覚共有』の対象を次々に切り替えていくと……今までは分からなかった、面白《おもしろ》い事実に気がついた。

最初のレイスはスライムを見るなり、いきなり攻撃してきた。

村人たちも、レイスは危険な魔物だと認識しているようだった。

だから基本的にレイスはスライムや人間を攻撃するものだと思っていたのだが……そうでもないレイスがいるのだ。

攻撃してこないレイスの動きは様々だ。

まるでスライムが存在しないかのように、無視して歩き回る者。

スライムを興味深けに眺めつつ、その場に立ち止まる者。

果《は》ては、スライムをただ撫《な》でようとする者までいる。

この個性豊かな行動は、あまり魔物らしくないな。

同じ種類の魔物は、同じような行動をするというのが基本だし。

そもそもレイスたちは、見た目からして1体1体違う。

普通に街などで見かけるような姿の者もいれば、見慣れない服装をした者もいる。

まるで本当の人間のように、個性豊かだ。

かといって服装が完全にバラバラかというと、そうでもない。

よく見てみるとレイスたちの服装は、何パターンかに分かれるような気がする。

顔や服の色などは1体1体全く違うのだが……服の基本的な構造などには、結構共通点があるのだ。

……同じ服を来ているというよりは、同じ時代、同じ国の服を着ているといったほうがいいだろうか。

そのうちの1つは、現代風だ（地球で言う『現代』ではなく、この世界のこの時代という意味で）。

これは……レイスというのは単なる魔物ではなく、本当に元々は人間だったのではないのだろうか。

消える時の叫び声なども、妙に人間らしいしな。

服装が何パターンかに分かれるのも、大昔の人間から最近の人間まで、いろいろな人間がレイスになっている……と考えると、説明がつく気がする。

『ゆーじー！　オバケ、来たよー！』

『こっちも、オバケきたー！』

俺が思案していると、魔法転送がいつまで経《た》っても飛んでこないのを不思議に思ったのか、スライムたちが声を上げ始めた。

スライムたちはすでに敵の攻撃が自分たちに効かないことを理解しているようで、不安がっている様子はない。

これは……もう少し様子を見ても大丈夫かもしれないな。

『ちょっと、レイスたちの様子を見たい。もし危ないと思ったら言ってくれ』

『わかったー!』

『オバケ、こわくないー!』

俺は一旦魔法転送の手を止めて、レイスたちの様子を見る。

すると……レイスたちの共通点が、何となく分かってきた。

基本的には、新しい時代のレイスたちほど人間らしい行動をするようだ。

大昔っぽい感じのレイスたちはほとんどスライムを見つけた瞬間に攻撃してくるし、現代風の服装のレイスの半分くらいは、スライムを攻撃してこない。

スライムを撫でようとしたりする、特に人間らしい行動をするレイスたちは、全員が現代風だ。

だが、個体差もなかなか大きいようだ。

古代風のレイスの中にも攻撃してこない奴《やつ》はいるし、逆に現代風のレイスでも普通に攻撃してくる奴はいる。

その差が何なのかまでは……まだ分からないな。

恐らく人間らしいかそうでないかは、元々の人格の影響ではないだろう。

古代人がそこまで凶暴だったとは考えにくいし、もし元々の人格がそのまま反映されるのであれば、現代風のレイスたちはもっと落ち着いているはずだ。

まあ、スライム自体が魔物なので、別にスライムを攻撃すること自体は不思議ではないが……レイスは街の人たちにも恐れられていたので、恐らく人間も普通に攻撃するのだろう。

話し方なども、言葉自体は人間のものだが……生きている人間とは、なんだか雰囲気が違う。

会話が成立していないというか、人間性を失っているような雰囲気だ。

基本的に古いレイスほど人間らしさが薄いことを考えると、レイスになってから時間が経つと、段々と人間だった頃を忘れていってしまうのかもしれない。

特に古い、古代風のレイスに至っては、そもそも人間の言葉すら話せずに叫んでいるような奴も多いしな。

「これは……使えるかもしれないな」

もし新しいレイスに人間性が残っているとすれば、試したいことがある。

……聞き込み調査だ。


レイスの出現域は広すぎる上に、イビルドミナス島に呪いを仕込んだ人間が、その痕跡《こんせき》をこの場に残しているとも限らない。

痕跡を見つける難易度も考えると、手がかりを手に入れるのはかなり難しいと考えていいだろう。

スライム海戦術で探すにしても……レイスの生息域は、丁寧に探すには少し広すぎるしな。

だが、現場を見ていた者がいれば話は別だ。

日本には『死人に口なし』という言葉があったが、この世界では死人に口があるかもしれない。

彼等から情報を得られれば、敵の情報を手に入れるのはかなり簡単になるだろう。

話しかけたレイス自身が情報を知らなかったとしても、レイス同士で意思疎通ができるのであれば、誰《だれ》か知り合いのレイスに聞いたりしてくれるかもしれない。

……まあ、そこまでうまくいくかは微妙なところだが……試すだけならタダだ。

俺はそう考え、聞き込み調査の対象に向いていそうなレイスを探す。
できるだけ人間性を残していて、スライムに友好的なやつがいいな。

あちこちを『感覚共有』で探していると、優しげな表情でスライムを撫でている女のレイスが目に入った。
このレイスがよさそうだな。

『音声転送』

俺は音声転送魔法を起動して、スライムに声を転送できるようにする。
まずは挨拶《あいさつ》からだな。

『こんにちは。……聞こえるか？』

『ヒッ！』

俺がスライム越しに話しかけると、レイスは驚いて身を引いた。

そして……。


『シャベル、スライム……？　コワイ！』


そう言ってレイスは、さっきまで撫でていたスライムを引っ掻き始めた……。

これは失敗だな。


普通の人間であれば、かわいがっていたスライムがいきなり喋《しゃべ》ったら戸惑うだろうが……すぐさま攻撃とはいかない気がする。

やはりレイスは人間っぽい行動をしていても、結構人間とはずれているのだろうか。

とはいえ……レイスの行動には個体差がある。

攻撃してこないレイスに片《かた》っ端《ぱし》から話しかけてみれば、1匹くらいは交渉が成立するかもしれない。

聞き込み調査、スタートだ。

『キャアアアァァ！　シャベッタアアアァァ！』

『シャベル、スライム！　コワイイイィィ！』

『スライム、人間、コトバ、ナンデエエエ！』

……ダメみたいだ。

スライム単体であれば攻撃は受けない場合も多いのだが、『音声転送』で話しかけようとすると、ことごとく攻撃される。

まあ、人間の声で喋《しゃべ》るスライムがいると、レイスも混乱するのかもしれないな。

レイスは人間と比べて思考能力が低い感じがするので、混乱するととりあえず攻撃につなげてしまうのだろう。

とりあえず、『人間の言葉を喋るスライム』がダメだということは分かった。

では普通に『魔法転送』を使わず、俺《おれ》自身が話しかけたらどうだろうか。

少なくとも、人間が人間の言葉を喋っているぶんには、レイスを混乱させることはないだろう。

デクレンの街の人の話だと、レイスは基本的に人間を攻撃するようだが……必ずしも全員が、攻撃してくるとは限らないからな。

10匹に9匹くらいが攻撃してくるのだとしたら、人間の間で『レイスは危険な魔物だ』という認識は共有されるはずだ。

それを知った人間たちはレイスを見れば敵だと思うだろうし、元々は攻撃するつもりのなかったレイスだとしても、人間の側から敵対的な攻撃をすれば、攻撃してくる可能性もある。

要するに……レイスが危険な魔物だと言われているからといって、全員が全員危険だと確定したわけではないのだ。

ということで、直接的な聞き込み調査に入りたいところだが……1つ問題がある。

レイスは俺が近付くと、消えてしまうのだ。

魔力の乱れがどうとかいう理由らしいが……近付かないことには、聞き込み調査もやりようがない。

『エンシェント・ライノ。魔力の乱れを抑える方法とか、何か知らないか？』

『……魔物は魔力に制御らしい制御をしないから、私には分からないな……』

そうか……。

まあ、エンシェント・ライノは別に魔法の専門家というわけでもないしな。

ドライアドも、別に人間の魔力制御には詳しくないだろう。

などと考えていると、スライムのうち1匹が口を開いた。

『えっと……ユージって、魔力せいぎょもじょうずだとおもうよ？』

『……そうなのか？』

『うんー！』

……うーん。

これは慰めてくれている、ということなのだろうか。

それとも本当に、何か根拠があって言っているのだろうか。

『どうしてそう思うんだ？』

『えっとねー……ぼく、ギルドのやねに住んでたんだけど……魔力せいぎょがへただと、魔法が狙《ねら》ったとこに飛ばないって言ってた！』

なるほど、このスライムはギルドの屋根に住んでいたのか。

……確かにある意味、スライムにとっては安全な場所かもしれないな。

他の魔物とかは冒険者などに倒されてしまうだろうが、スライムくらいなら隠れていれば見つからないだろうし。

しかし、魔法が真《ま》っ直《す》ぐ飛ばないというのは初めて聞いた。
魔法の制御がどうとか、ちゃんと勉強したことはないからな……。
『それって、誰《だれ》が言ってたんだ？』
『えっとねー……なんか、ギルドのえらいひと！』
偉い人……。
支部長とかだろうか。
それか初心者訓練の教官なども、スライムから見れば偉いように見えるかもしれない。
いずれにしろ、ギルドの人が言っていたのなら、その話は間違いがなさそうだ。
スライムもこれだけ数がいると、意外と物知りが混ざっていたりするのかもしれない。
『あとね、つよいまほうだと、すごいむずかしいんだってー！』
強い魔法だと難しいのか……。

俺は今まで、魔物によって弾《はじ》かれたケースなどを除けば、魔法の狙いを外したことはないな。

火属性適性で超強化された『火球』だろうが、『極滅《きょくめつ》の業火《ごうか》』だろうが、普通に狙ったところに飛ぶ。

そう考えると、ギルドで言うようなレベルの魔力制御は、俺もできると考えていいかもしれない。

『俺の魔力制御って、下手《へた》じゃなかったのか……』

『たぶん、うまいとおもうー!』

なるほど。

そうだとすると、この魔力の乱れは何なんだろう。

などと考えていると、エンシェント・ライノが口を開いた。

『ただ単に、主《あるじ》の魔力が莫大《ばくだい》すぎるのではないか?』

『量の問題か？』

『ドラゴンすら凌駕《りょうが》するような魔力を、人間の小さい体に秘めているわけだからな。周囲の魔力が少しくらいゆがんでも、全《まった》く不思議ではないだろう』

……確かに、そういう線もありそうだな。

だとすると余計に、レイスとの接触は難しくなるわけだが。

もし魔力制御が下手なだけなら、魔力制御を覚えればいいだけの話だが……量の問題だと、どうしていいのか分からないしな。

適当に魔法を無駄撃《むだう》ちすれば魔力量は減るかもしれないが、そもそも魔力が0になった状態からでも『終焉《しゅうえん》の業火』などを撃ててしまう時点で、ステータスの魔力はあてにならない。

かといって、魔法をろくに撃てないレベルまで魔力を減らすのはあまりにも死と隣り合わせすぎて、流石《さすが》にまずい気がするし。

「……仕方ない、普通に探すことにするか」

少し考えた末に……俺は聞き込み調査を諦《あきら》めることにした。

魔物を相手に聞き込み調査をしようなどというのが、そもそも無理な話だったのだ。

もし作戦が上手《うま》く行けば楽をできたが、そうでないのなら、いつも通りにスライムたちと探せばいい。


『聞き込み調査は中止だ。普通に探すことにしよう。……何かおかしなものを見つけたら、すぐに報告してくれ』

『『わかったー！』』


こうして俺は聞き込み調査を諦めて、元の『スライム海戦術』による調査を再開した。

調査範囲はかなり広いが……まあ、1ヶ月も調査すればレイスの生息域全体を調べられるだろう。

防御魔法が効くおかげで、普通に捜索ができるしな。

◇

それから数時間後。
俺はスライムたちとともに森の中を歩き、森の中を調べていたのだが……その途中で、異変に気がついた。

レイスが見えるのだ。

『感覚共有』を使ってスライム越しにレイスを見た経験は、今までに数えきれないほどあった。
だが今回は違う。
スライムの視界越しにではなく、俺自身の視界に少女のレイスが映っている。

通常のレイスは、肉眼で見えるよりはるか遠い距離で消滅してしまう。
そのためいくら歩いても、レイスの姿を見るようなことはなかった。
だが……今は肉眼ではっきりと見える距離に、半透明な人影がある。

「もしかして、魔力の乱れが収まったのか……?」

俺はそう考えて周囲のスライムたちに『感覚共有』を使ってみるが、今見えている1匹のレイスを除けば今まで通りだった。

相変わらず俺の周りに他のレイスはいないし、元々レイスだったであろう魔石は地面に散らばっている。

つまり、このレイスは特別だということだ。

もしや……レイスよりも頑丈な、上位種か何かか？

上位種などがいるのだとしたら、急にレイスの数が増え始めた理由と関係があるかもしれないな。

そしてスライムにかけた防御魔法が、上位種に効くかは分からない。

あまり油断はできないな。

『みんな、俺の近くに1匹のレイスがいる。強いかもしれないから、気をつけてくれ』

『『わかったー！』』

スライムたちはそう言って、俺の近くへと集まってきた。

そうしている間にもレイスは特に苦しむ様子もなく、俺の方へとゆっくり進んでくる。

……こいつにどう対処するかは問題だな。

明らかに他のレイスと違うということは分かるが、まだ有害だとは限らない。

上位種であれば、知能も普通より高いかもしれない。

そして……こいつが俺に近付くことのできる、貴重なレイスだというのも確かだ。

先程は諦めた聞き込み調査が、再開できるかもしれない。

そう思案していると、レイスが止まった。

近くまで来て気付いたが、このレイス……目が他のレイスと違う。

他のレイスは全く生気のない、死んだ魚のような目をしていることが多いのだが……このレイスは、目に意思のようなものを感じる。

これは慎重《しんちょう》に話さなければならないな。

「聞こえるか？　……敵意はない。話を聞きたいんだ」

俺はそう言って両手のひらを見せて、武器を持っていないこと、敵意がないことを示す。

まあ、この姿勢からでも魔法は普通に撃てるのだが、敵意がないことのアピールだ。

すると……レイスが口を開いた。

「……聞こえない」

「いや、聞こえてるだろ……」

どう考えても聞こえているタイミングで『聞こえない』という返事があった。

本当に聞こえていなくて、読唇術などで俺が言いたいことを察しただけの可能性もあるが。

ともあれ、微妙に会話らしきものが成立したのには期待が持てるな。

聞き込み調査ができるかもしれない。

「……こんな場所にいるってことは、あいつらの仲間？」

今度はレイスのほうから話しかけてきた。

『あいつら』というのが誰かは分からないが……このレイスが適当なことを言っていないとしたら、このあたりに人間がいるということになる。

これは、いい情報源になるかもしれないな。

「あいつら？　……このあたりに、誰かいるのか？」

レイスは答えず、俺の周りをゆっくりと回りながら、顔や装備などを観察している。

そして、俺の周りを1周したところで……首を横に振った。

「違う。あいつらとは違う」

どうやら俺は『あいつら』ではないと認定されたようだな。

このレイスにとって『あいつら』というのが敵か味方か分からない以上、うかつな質問は避けたほうがいいかもしれない。

一旦《いったん》はレイスの話に乗って、情報の手がかりを探すとしよう。

俺から話題を振るのは、うっかり墓穴を掘るリスクがある。

……できれば会話が切れないように、向こうから話を振ってくれるといいのだが。

そんな俺の願いが通じたのかは分からないが、レイスはまた口を開いた。


「……あなた、誰？」


これは……名前を聞かれてるんだよな。

偽名を使うべきかは微妙なところだが……なんとなく幽霊って、人間の嘘《うそ》を見抜く力とかを持っていそうな気がするんだよな。

まあ、ホラーもののレベルの知識でしかないのだが。


というわけで、とりあえず本当のことを答えておいたほうがいいだろう。

レイスが『救済の蒼月《そうげつ》』の回し者だったりしたら、ちょっとだけ面倒だが……最悪の場合、浄化魔法で消してしまえばいい。

このレイスがどのくらい頑丈かは知らないが『解呪《かいじゅ》・極《きわみ》』を１００発も撃ち込めば、普通に倒せるだろうし。

「俺はユージだ」

俺がそう答えると……レイスは目を丸くした。

会ってから今まで、レイスの表情はほとんど変わらなかったのだが……今は驚きが全面に出ている感じだ。

……俺の名前に、そんな反応を示すような要素はなかったはずだ。

「ユージ……テイマー、ユージ？」

このレイスは、俺がテイマーだということを知っていたのだろうか。

それとも、ただ単にスライムを肩に乗せているのを見て、そう言っただけか？

いずれにしろスライム連れの時点で、嘘をつく意味はないな。

「ああ。俺はテイマーのユージだ」

「……人の姿をした、悪魔……！」

……なんだ？

いきなり悪口を言われたぞ。

俺はこのレイスに、何かひどいことでもしただろうか。

いや、確かにレイスたちにはひどいことをしたな。

何しろ俺が歩いているだけで、レイスたちは苦しみもがいて死んでいったのだ。

そのことをレイスが知っているとしたら、『人の姿をした悪魔』呼ばわりされても仕方がないかもしれない。

「みつけた……ついに、みつけた……」

レイスはなんだか幽霊らしい言葉を発しながら、俺に近付いてくる。

このシーンだけ見れば、まさにホラー映画という感じだ。

だが……このレイスは何となく、俺に敵意がないような気がする。

攻撃してこないという理由もあるが……視線に敵意を感じないのだ。

むしろこれは……期待、だろうか。
テイマースキルのおかげか、魔物の感情はなんとなく分かる気がする。
とにかくこのレイスからは、今のところ敵意を感じない。

まあ、聞いてみるか。
攻撃されたら攻撃されたで、その時に対処をすればいいし。

「人の姿をした悪魔って何だ？」

「私が、ずっと探していた人」

俺はこのレイスに、今までずっと探されていたのか。
それは気付かなかったな……。

しかし一番大きい問題は、そこではない。
このレイスが敵なのか、それとも味方なのかということだ。

敵の場合、正直に答えてくれない可能性もあるので、味方っぽいとしても、完全に信用するわけにはいかないが。

「探していたのは敵としてか？　それとも、味方としてか？」

「味方。……できれば、味方」

「……できれば？」

「『人の姿をした悪魔』が、私の味方だという保証がない」

そう告《つ》げるレイスの表情は……どこか不安げに見えた。

なるほど。

レイスは俺を味方として探していたが、本当に味方かどうかまでは知らなかったというわけか。

情報を引き出すという意味では、とりあえず味方だと言っておきたいところだが……。

とりあえず、1つはっきりさせておきたいことがあるな。

「さっきから言ってる『あいつら』っていうのは、レイスの味方か？　敵か？」

「敵」

即答だった。

となると……『あいつら』というのがイビルドミナス島に呪《のろ》いを仕掛けた奴《やつ》らだとすれば、このレイスは俺にとって味方だな。

まあ、レイスが言っている『あいつら』が、ただ単に近くにいただけの一般人の可能性もあるが……。

などと考えていると、俺は先程の会話を思い出した。

レイスは最初、俺のことを『人の姿をした悪魔』と呼んでいた。

これ自体は完全に悪口だが、味方にしたい人間をわざわざ悪口で呼ぶとも考えにくい。

となると……『人の姿をした悪魔』という名前で俺を呼び始めたのは、レイス自身ではないのかもしれない。

もし『あいつら』が俺のことを『人の姿をした悪魔』と呼んで恐れた……などといった理由があるのなら、レイスが俺を探していたことにも納得がいくし。

「もしかして、俺のことを『人の姿をした悪魔』って呼んでたのは『あいつら』なのか？」

「うん。もしかしたら、ユージのことじゃないかもしれないけど」

「……どういうことだ？」

半分くらいは正解だったようだが……人違いの可能性もあるのか。

名前に反応したあたり、俺の名前は出ていたようだが。

「テイマーのユージは……『人の姿をした悪魔』の候補の1人。誰が本物かは、『あいつら』も分かってなかったみたい。……確か『テイマーのユージ』は、あんまり有力じゃない候補だったと思う」

有力じゃない候補か……。

まあ、相手が『救済の蒼月』だとすれば、それは納得がいくな。

『救済の蒼月』の暗殺者が俺を監視していた時に、俺が一生懸命『低ランクの依頼をこなすだけで一苦労の初心者テイマー』のふりをしたかいあって、連中は俺をただの雑魚《ざこ》だと思ってくれたようだし。

となると『人の姿をした悪魔』というのも、人違いかもしれない。

「なるほど。……『人の姿をした悪魔』について、他の情報はあったか？」

「えっと、万物浄化装置っていうやつを壊して、あいつらの仲間……『救済の蒼月』を潰《つぶ》したんだって」

……人違いではなさそうだな。

その2つには、思いっきり心当たりがある。

しかし、これで『あいつら』が『救済の蒼月』の仲間だということがはっきりしたな。

自信を持って、俺は『あいつら』の敵だと言える。

どうやら聞き取り調査は、大当たりのようだな。
レイスの協力が得られれば『あいつら』の場所を特定するのも簡単だろう。
それどころかレイスが『あいつら』の場所を知っていても全く不思議ではない。

とはいえ……万物浄化装置を壊したのが俺だということは、かなり厳重に隠している情報だ。
まだレイスが１００％信用できると決まったわけではないし、俺が『人の姿をした悪魔』だということは隠しておいたほうがよさそうだな。

「分かった。俺は『救済の蒼月』の敵だ。『あいつら』ってのが『救済の蒼月』の味方なら、俺はそいつらの敵で間違いない。……つまり、レイスの味方だ」

「やった！」

しかし、さっきの言い方だと『あいつら』は『救済の蒼月』の直接の関係者というよりも、その仲間っぽいんだよな。

今まで俺が戦ってきた相手は基本的に『救済の蒼月』の傘下《さんか》の者だったはずだが……流石に国境まで来ると、別の組織になるのだろうか。

いずれにしろ『救済の蒼月』と手を組んでいる時点でロクな組織ではないだろうが。

「ところで……『あいつら』って、なんていう名前なんだ？」

「えっと……『あいつら』は多分『研究所』って言ってた」

……『研究所』。

それは組織の名前だろうか。それとも組織が持つ施設の名前だろうか。

「その『研究所』って、場所は分かるか？」

「分かる」

場所が分かるのか。

じゃあ敵に関する詳しいことは、現地を調べれば分かりそうだな。
とはいえ組織が違う以上、敵の施設の警備が『救済の蒼月』のようにザルだとは限らない。しっかりと警戒をしながら行くべきだろう。

「『あいつら』のところまで、案内してくれるか？」

「……『あいつら』のこと、殺してくれる？」

案内を頼んだら、思ったよりも重たい質問が返ってきた。
確かに今のところ『あいつら』というのは敵で間違いなさそうだが……殺すかどうかまでは、まだ分からないよな。

まあ、イビルドミナス島の件を考えると、そういうことになる可能性も高いのだが、確実にとは言えない。
『救済の蒼月』に利用されて、何も知らずに研究をさせられている人たち……などといった可能性もまだ否定できないのだ。

「……確実に殺すとは言いきれないな。その必要があると思ったら殺す」

「うーん……じゃあ、それでいいや。『あいつら』を見たら、誰でもヤバいって思うだろうし」

大した自信だな。

まあ、案内してくれるのなら全く問題はない。

「ありがとう。頼んだ」

「分かった」

そう言ってレイスは、滑《すべ》るように移動し始める。

……よく見ると、レイスって足がないんだな。

そう考えていると、またレイスが口を開いた。

「それと、私のことなんだけど……私、レイスっていう名前じゃないよ？」

「……なんて呼べばいい？」

まあ、レイスっていうのは人間が勝手につけた種族名というか、魔物の名前だからな。もし本当にレイスが人間の亡霊だとしたら、生前の名前がちゃんとあるのだろう。

「えっと、私の名前は……」

レイスはそう言ったところで、黙り込んでしまった。首をかしげ、頭をとんとんと叩《たた》き……。しばらく考え込んだ後で、また口を開いた。

「分かんない。レイスでいいや」

「……分からないのか……」

「うーん。忘れたみたい。『レイス』ではなかったと思うんだけど……生きてた頃《ころ》のことって、

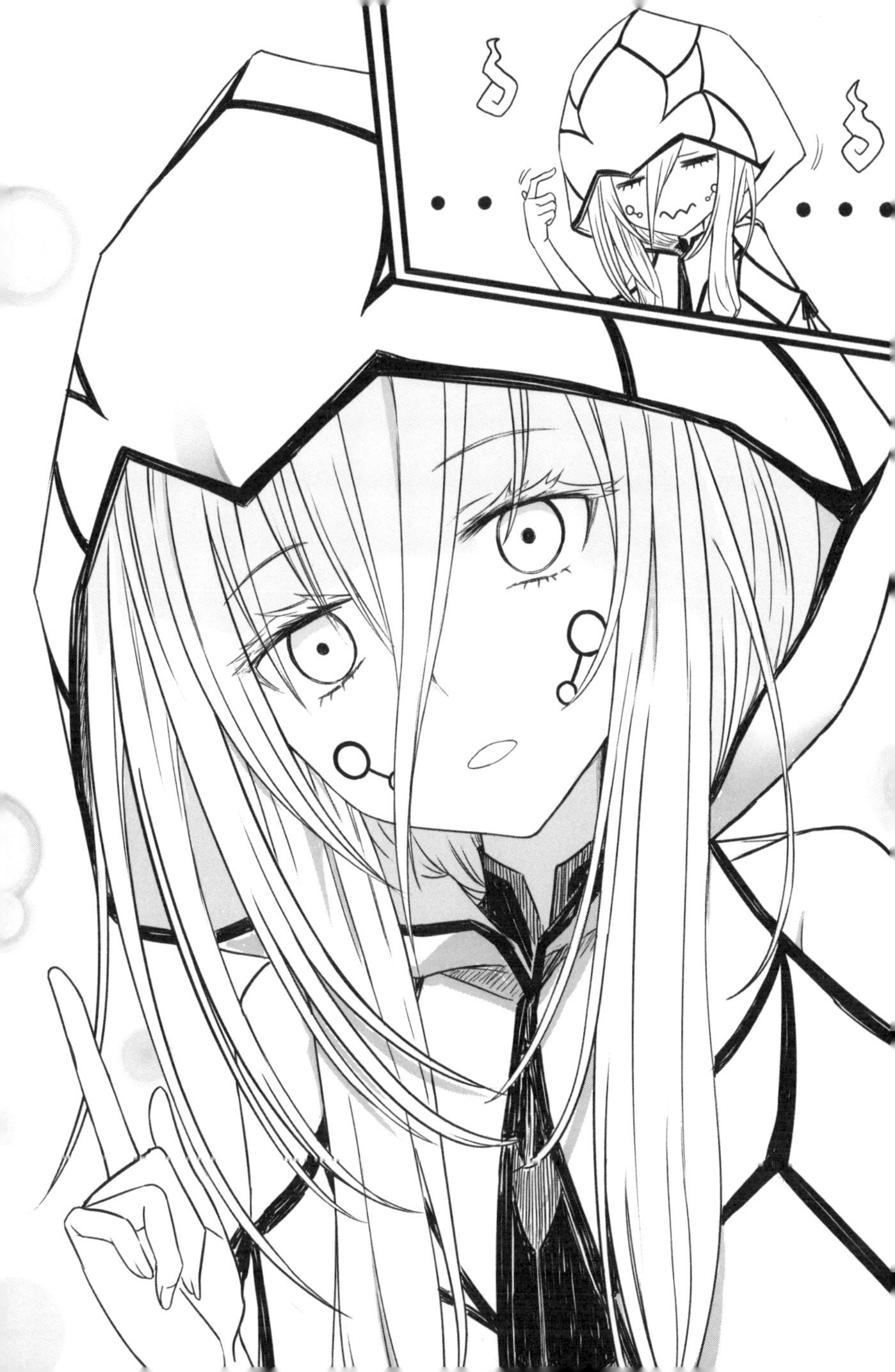

ほとんど忘れちゃってるんだよね」

……『生きてた頃』か。

やはりレイスは亡霊で確定みたいだな。

そして、どうやらレイスには生前の記憶が欠落しているようだ。

古いレイスほど人間性を失っていたことを考えると、記憶も時間とともに段々と失っていくのだろうか。

そう考えると、なんだか悲しい感じだな。

「もしかして、『あいつら』が敵なのも生前からか？」

「うん。多分そう」

「……多分？」

「それも忘れた。でも『あいつら』が最悪だってことだけは覚えてる」

生前の恨《うら》みだけが残ったパターンか……。

確かに、亡霊にはよくありそうな感じだな。

強い恨みとかって、なかなか忘れそうにないし。

「でも……もしかしたら私、実験体とか生贄《いけにえ》とかだったのかも」

……いきなり物騒な単語が出てきたな。

だが、確かに『救済の蒼月』の仲間っぽい感じの単語だ。

「『あいつら』って、生贄とか実験体を使うのか？」

「うん。……私がこの姿になってから、1000人くらいは見たかな。みんな死んじゃったけど」

「……多いな……」

救済の蒼月でも、そこまでの犠牲者は出していなかった気がするぞ……。

それだけの数の人間を用意して実験をしていたとなると、相当に大きい、力を持った組織だな……。

「それ、証拠か何かはあるか？　ギルドとかにも報告しておいたほうがいい気がするんだが」

「うーん……証拠はないかも。あいつらが実験とかやってたのを見たの、もう10年くらい前の話だし」

10年前か……。

このレイス、そんな昔からここにいたんだな。

「最近は、人体実験をやってないのか？」

「人間が運ばれてるところは見たことない。……でも、研究所の中は入れなくなっちゃったから、分からない。だから最近は、移動中のあいつらの会話を盗み聞きして、情報を集めてた」

「昔は入れたのに、今は入れないのか？」

「うん。……1年くらい前から、『研究所』の周りの魔力がすごい荒れてて……近付くと、消えちゃうと思う。ユージの周りも少しだけ肌がピリピリするけど、このくらいなら慣れてる」

俺の周りにいて、肌がピリピリするくらいか……。

そのレイスが消滅しそうとなると、かなり強い魔力の乱れがあるんだろうな。

「ちなみに、俺の周りの魔力って、結構荒れてるのか？」

「うーん。荒れてるっていうか……とにかく量がものすごくて、すごい圧力がかかってる感じ。だからユージを見た時、すぐに『人の姿をした悪魔』かなって分かった。明らかに人間ってレベルじゃないし」

霊的な魔物から見ると、圧力として感じるのか……。

俺に近付いたレイスたちは、押しつぶされるような感じで消えているのだろうか。

俺がレイスを消してしまうのが魔力量のせいだという予想は、結構当たっていたようだな。

「『あいつら』の場所ってけっこう遠いのか？」

「えっと……このペースだと、４時間くらいかかるかも」

それは遠いな。

まあ、俺が歩いているのが悪いのだが。

「レイス、スピードを上げられるか？」

「私は大丈夫《だいじょうぶ》だけど……ユージはついてこれる？」

「大丈夫だ。……プラウド・ウルフ」

『了解ッス！』

すぐに俺の言いたいことを察したプラウド・ウルフが出てきて、俺を乗せた。

元々プラウド・ウルフはレイスたちにビビり散らかして俺の陰に隠れていたので、俺を乗せるまでの動きはとても速かった。

「分かった。じゃあ、スピード上げるね」

そう言ってレイスが、地面の上を高速で滑り始める。
プラウド・ウルフもその後ろを追いかけるが……これ、普段のプラウド・ウルフと同じくらいのスピードが出ているな。
レイスの本気って、こんなに速いのか。

今は味方だからいいが、これ……敵に回すと結構怖い気がするな。
物理攻撃の効かない魔物が、プラウド・ウルフ並みのスピードで迫ってくると考えると……対抗できるような魔法を使えない人間は、もはやどうしようもないだろう。
村人たちがレイスを怖がるのも、何となく分かる気がする。

ところで、１つ気になったのだが……。

「なあ、俺が走り回ると、近くにいるレイス……他のレイスがどんどん死んでいくみたいなんだが、これってレイス的に大丈夫なのか？」

「えっと、全然大丈夫！　他のレイス、私のことをいじめようとするから！」

……いじめようとするのか。

同じ魔物同士で戦うというのはなかなか聞かないが、やはりレイスという魔物は特殊なんだな。

「レイス同士だからといって、仲がいいわけじゃないんだな」

「他のレイスたちは、別に戦ったりしないみたい。……私は結構人間っぽいから、生きた人間と勘違いされるのかも」

1人だけ仲間外れというわけか。

確かにこのレイスだけ俺と話せたりとか、明らかに他のレイスと違う感じだからな。

もしかしたら、厳密にはレイスと違う種類なのかもしれないが。

「まあ、私のほうが強いから返《かえ》り討《う》ちにすれば大丈夫なんだけどね」

どうやらストロングスタイルのようだ。

冒険者ギルドは、このレイスに討伐《とうばつ》報酬をあげてもいいのではないだろうか。

そんなことを考えつつ俺は、『研究所』に向かって進んでいった。

それから数十分後。

今まで同じペースで進んできたレイスが、急に足を止めた（レイスに足はないのだが）。

「どうした？」

「肌がピリピリする」

「……俺《おれ》、離れたほうがいいか？」

俺の近くにいると、レイスは肌がピリピリするという話だった。

今までは特に問題はなかったというか、レイスのほうから近付いてきていたのだが……そろそろ厳しくなったのだろうか。

そう考えていると……レイスは首を横に振った。

「ううん。『研究所』が近いの。頑張《がんば》ればもうちょっと行けるけど……ちょっと危ないかも」

さっき言っていた、魔力の乱れか。

スライムたちの知覚はまだ、『研究所』らしきものを捉《とら》えていない。

敵が対空攻撃の手段を持っている可能性も考え、スラバードによる先行偵察も止めているしな。

「じゃあ、レイスは引き返したほうがよさそうだな。……ここから『研究所』まで、どのくらいの距離がある？」

「2キロくらい……かな。ちょっと前は1キロくらいまで近付けたんだけど、魔力の乱れが強くなってる……」

……2キロも先から、このレイスを脅《おびや》かすほどの魔力の乱れを生んでいるのか。

デクレンの人たちが言っていた『急にレイスが増え始めた』という異変にも、関《かか》わっているかもしれないな。

案外、レイスは増えたというよりも、研究所から逃げるために移動しただけかもしれない。研究所は森の奥地の方にあるようなので、そこにいたレイスたちが人里に近い方へと移動したら、住民たちはレイスが増えたように感じるかもしれないし。

「分かった。ここから先は、俺たちだけで進む」

「ありがとう。……あいつらは本当に危ないから、気をつけてね。捕《つか》まったら、何されるか分からないし……」

「……ああ。気をつけよう」

肌がピリピリするということは、恐らくここにいるだけでもレイスはダメージを受けるのだろう。

せっかくの案内人……というか案内幽霊に消えてもらっては困るし、体には気をつけてほしいところだ。

それと、敵の構成員などに見つかってしまった場合に備えて、護衛もつけておいたほうがいいかもしれないな。

レイスの逃げ足は凄《すさ》まじいようだし、今まで生き残っているということは、それなりに自力でも生き残る手段があるのだろうが……魔法で守れるなら、それに越したことはない。

テイムしてしまえば一番簡単なのだが、護衛をつけるくらいでもなんとかなるだろう。

「……護衛にスライムを何匹かつけるから、レイスは早く引き返してくれ」

「……スライムが、護衛？　戦えるの……？」

レイスは俺の言葉に従って引き返しながらも、訝《いぶか》しげな声を上げた。

確かに、スライムが護衛につくと聞いたら、普通は心配に思うよな。

特にレイスにとっては、普通のスライムなんて一番倒しやすい魔物だろうし。

『ぼくたち、たたかえるよー！』

『ちゃんと、たたかうよー！』

戦えないと勘違いされたスライムたちが、憤慨《ふんがい》している。
いや、勘違いではないかもしれないが。
スライム単体では、恐らく戦えないだろうし。

しかしスライムたちの声は、レイスに届かないんじゃないだろうか。
俺とレイスの会話は、普通に人間の言葉だ。
レイスが元々人間だとしたら、魔物の言葉は分からない気がするが……。
そう思っていると、レイスがスライムたちに向かって口を開いた。

『あ、ごめん。戦えるんだね……』

『うんー！』

どうやらレイスは、スライムとも話せるようだ。
魔物の言葉のようなものも、話せるのだろうか。

……そもそもスライムは声を出さないので、どうやって話しているのかもよく分からないのだが。

『でも、どうやって戦うの？』

『えっとね、まずは敵をみつけて……ゆーじに言うんだよー！』

『そうすると、ぼくたちから魔法が出て、敵をやっつけるの！』

スライムたちの力説を聞いて……俺とレイスは、顔を見合わせる。

レイスが言いたいことは分かる。

それは別に、スライムが戦っているわけじゃない……そう言いたいのだろう。

だが、俺の戦闘においてスライムたちが、有効な役目を果たしているのは確かだ。

見つかりにくいスライムたちがあちこちに潜んで、そこから魔法を撃てるというだけで、とても戦いやすいからな。

俺自身しか魔法を使えなかったとしたら、戦いは今と比べものにならないくらい大変だろうし。

そう思っていたのだが……。

「ユージの魔法って、スライムから撃てるの……?」

どうやらレイスが気になったのは、魔法転送のほうだった。

そういえば魔法転送の話は、レイスに話していなかったな。

本当はあまり人に話さないほうがいいのだが、護衛的な意味では仕方がないか。

一応、口止めはしておこう。

「ああ。一応は撃てる。……できれば、このことは他の人間や魔物には黙っておいてくれ」

「分かった。……でも大丈夫《だいじょうぶ》。私、友達も知り合いもいないから」

……なんと悲しい『大丈夫』だろうか。

少しだけ後味の悪さを残しつつも、俺はレイスと別れ『研究所』の方へと向かった。

◇

『なんか、あったよー！』

『でっかいー！』

それから数分後。
先行して様子を見ていたスライムたちから、そんな声が上がり始めた。
どうやら『研究所』を見つけたようだな。

『……確かにでかいな』

俺が『感覚共有』でスライムの視界を借りると、巨大な白い建物が目に入った。
森の中ではかなり目立つような気がするが……レイスたちのおかげで、関係のない人間は近付かないということだろうか。

1000人以上の人間が犠牲になった施設と聞いても、納得がいく気がするな。

これだけでかい建物なら、それだけ大掛かりなことをやっていてもおかしくはない。

……そして、この『研究所』には、大きさ以外にも特徴があった。

窓が1つも見当たらないのだ。

それどころか……正面に1つ、入り口らしき扉がある以外には、全《まった》く何の開口部も存在しないように見える。

ただ真《ま》っ白《しろ》い壁が、スライムたちの前にそびえ立っていた。

『とりあえず、見張りはいないみたいだが……これは警備が厳しいかもしれないな』

扉の前には、見張りなど存在しない。

だが1つしかない入口なのだから、中からは恐らく見張っているだろう。

とはいえ……隠蔽《いんぺい》魔法を施《ほどこ》したスライムなら、気付かずに入れるかもしれない。

もしバレたら防御魔法で全力で守れば、1匹くらいはなんとかなるはずだ。

『スライム……1匹だけで、あの扉をすり抜けてみてくれ。もし危険があったら、『魔法転送』を使って全力で守る』

俺はそう言って、ありったけの隠蔽魔法と防御魔法をスライムに施していく。

正直なところ、これでもバレる確率は低くないかもしれない。

まあ……『絶界隔離《ぜっかいかくり》の大結界』があれば、逃げるくらいはなんとかなるし、場合によっては強行突破も選択肢に入るのだが。

『わかったー！』

スライムは俺の『魔法転送』をとても信頼しているようで、特に怖がる様子もなく扉の隙間《すきま》へと滑《すべ》り込もうとする。

だが……。

『す、すすめない……』

スライムは、扉の隙間をくぐり抜けることができなかった。

というか、隙間がないようだ。


昔、『救済の蒼月《そうげつ》』の拠点の1つで、水密扉《すいみつひ》のせいでスライムが進めないということがあったが……それと同じような感じだな。

あの時にはスライム酸で扉を少しだけ溶かして通り抜けたが、あれは敵の警戒が緩《ゆる》かったからできたという面もある。

1つしかない扉を溶かしたりしたら、流石《さすが》にバレるだろう。


……そういえばレイスは、『研究所』の内部を知っている雰囲気だったな。

話した感じだと、魔力の乱れがひどくなるまでは、『研究所』の内部に潜入していたんじゃないだろうか。

もしかしたら、裏ルートなどを知っているかもしれない。


そう考えて俺は『音声転送』を起動する。

『レイス、聞こえるか？』

『聞こえる。……何かあった？』

『『研究所』に潜入したことがあるなら、中に入る方法を聞きたい。スライムが通り抜けられなくてな』

『えっとね……壁をすり抜けて入ったよ』

……それができれば何も苦労はしない。

どうやら幽霊に聞いたのが馬鹿《ばか》だったようだ。

さて……どうしたものか。

このままスライムには扉の近くにでも隠れておいてもらって、誰《だれ》かが出入りしたタイミングで一緒に入らせるというのも手だな。

敵が全く出入りしなかったらお手上げだが、中に人がいるのであれば、食料などは定期的に運ぶ必要があるだろうし。

などと考えたところで、俺は侵入経路に思い当たった。

通気孔だ。

食料は保存食などで何とかなるにしても、空気はそうもいかない。

まさか施設内部の空気を全《すべ》て電気分解やらボンベやら、潜水艦みたいな方法で賄《まかな》っているわけでもないだろうし……どこかに通気孔くらいはあるはずだ。

もちろん人間が入るには小さすぎるだろうが、スライムたちなら問題はない。

『通気孔を探してくれ。壁や屋根のどこかにあるはずだ』

『『わかったー！』』

そう言ってスライムたちが『研究所』の壁を上り、通気孔を探し始める。

もし建物の表面に通気孔が見つからなかったとしたら、近くのどこかにパイプか何かで通っている可能性もあるか。

本当にボンベやら電気分解やらで酸素を確保しているという可能性は……ちょっと考えたくないな。

そう考えていると、スライムのうち1匹が声を上げた。

『あったよー！』

『空気の通り穴、あったー！』

スライムがそう言って止まったのは……何の変哲もない白い壁の場所だった。
少なくとも『感覚共有』の視覚では、そのように見える。
だが、現地にいるスライムが言うのなら、間違いはないはずだ。

『スライム、通り抜けられるか？』

『うんー！』

そう言ってスライムが、白い壁に吸い込まれていく。
……どうやら白い壁の一部が布か何かになっていて、そこが通気孔につながっているようだな。

見た目は完璧《かんぺき》にカモフラージュされていたらしく、外から見ても全く分からなかったが……スライムはよく気付けたものだ。

『気をつけて進んでくれ。通気孔だからといって、安全だとは限らない』

巨大な建物が必要とする空気を賄っているだけあって、通気口はかなり大きい。

人間が普通に立って移動できるような大きさだ。

『わかったー！』

ここまで見た感じだと、明らかに『研究所』は侵入者を警戒している。

なにしろ窓が1つもない建物で入り口は1つだけ、通気孔すら厳重にカモフラージュされているわけだからな。

そんな連中が、あっさり通気孔を素通りさせてくれることもないだろう。

人が通れるような大きさの通気孔なのだから、何らかの侵入者対策は用意しているはずだ。

俺はそう予想していたのだが……どうやら、予想は正解だったようだ。

『わー、でっかいー！』


まず現れたのは、巨大で分厚い鉄板だった。

鉄板には無数の丸い穴が開けられていて、空気が通り抜けるようになっている。

だが穴の大きさは5センチほどしかないため、人間などは通ることができない。

恐らくこの鉄板は、爆破《ばくは》や魔法による強行突破への対策も兼ねているのだろうな。

これだけの厚さの鉄板を壊して進もうとすれば、かなり時間がかかってもおかしくはないし。

まあ、スライムにとっては関係のない話だ。


『楽勝～』

スライムはそう言って、鉄板に開いた穴を通り抜けていく。

後続のスライムたちも次々に、穴を通り抜けていった。

侵入者対策がこれだけなら、楽だったのだが……。

『まあ、そうもいかないか……』

鉄板を通り抜けたスライムたちの前には、新たな障害物が待ち受けていた。

……高温により赤熱《せきねつ》した鉄板だ。

それも地面側だけではなく、壁面も全て熱されている。

……あちこちに設置された魔道具が、壁面を熱しているようだ。

これはもしかしたら、スライムを想定した対策かもしれないな。

普通の魔物や人間が相手なら、先程の鉄板だけでも十分なくらいだろう。

敵はスライムを使うテイマーがいることまで考えた上で、鉄板の先に灼熱《しゃくねつ》地帯を置いたのかもしれない。

『ちょっと、これは通れないかも……』

『ぼくたち、蒸発しちゃう……』

これは確かに、生身のスライムでは通り抜けようがないな。
まあ、相手が高熱なら、それはそれで対処のしようがある。
相手はスライムを使うテイマーまでは想定していたようだが……『魔法転送』のことまでは知らなかったようだ。

『対物理結界』
『断熱結界』

俺は防御魔法を2つ起動して、灼熱地帯の中に細いストローのようなものを通した。
熱を通さないように結界を使っているため、中は安全だ。

『これで通れるか？』

『だいじょぶー！』

スライムたちはそう言って、ストローのような通路を通って、次々と灼熱地帯の先へ抜けていく。

すると……その先で通気孔は、無数に枝分かれしていた。

『これって……迷路？』

枝分かれを見て、スライムが訝しげな声を上げた。

だが、これだけ厳重な防御の後で、今さらに単なる迷路を使うことはない気がするな。

それに迷路にしては、枝分かれの先が綺麗に並びすぎている。

迷路というよりは、ただの配管といった雰囲気だ。

恐らく、もう侵入防止設備は抜けたと考えていいだろう。

『多分、この先が『研究所』の中につながってるんだろう。沢山の部屋が中にあるせいで、こんなに枝分かれしてるんじゃないか？』

『たしかに……そうかも！』

『じゃあ、てわけしてさがすねー』

そう言ってスライムたちが、あちこちの配管に分散して進んでいく。

スライムたち……なかなか頼れる感じになったな。

特に、昔からテイムされているベテランスライムたちは、索敵《さくてき》任務にもかなり慣れてきたのかもしれない。

『よし、頼んだ』

こうしてスライムたちは『研究所』への侵入に成功し……調査を始めることになったのだった。

◇

「『感覚共有』『感覚共有』『感覚共有』……」

潜入成功から数分後。

俺は次々と『感覚共有』の対象を切り替えて、『研究所』の中を調べていた。

今のところ、生贄《いけにえ》の儀式などは見当たらない。

中には白衣を着た研究者風の人々が歩き回っていて、まさに『研究所』といった雰囲気だ。

『救済の蒼月』とは、かなり様子が違うな。

黒ローブの人間など1人もいないし、『救済の蒼月』とは別組織ということで間違いはなさそうだ。


というか……ここは本当に、非人道的《ひじんどうてき》な連中の集まる場所なのだろうか。

少なくとも、生贄やら人体実験やらの痕跡《こんせき》は、1つも見当たらない。

ただ単に、昔はそういう連中がここを使っていたというだけで、今は普通の研究施設……という可能性もなくはないかもしれない。


そう考えていると……『感覚共有』を介して、爆発音《ばくはつおん》が聞こえた。

『ぎゃーっ！』


どうやら爆発が起きた場所の近くにもスライムがいたらしく、スライムの1匹がびっくりした声を上げた。

別に爆発に巻き込まれたわけではなく、ただ音にびっくりしただけのようだ。

まあ、今回はかなりちゃんと防御魔法を使っているため、多少の爆発なら巻き込まれても大丈夫な気がするが。


……ともかく、スライムの声が人間に聞こえなくてよかったな。

もし聞こえていたら、今ので居場所がバレていたところだ。

そう考えつつ俺は再度『感覚共有』を起動した。

すると、爆発音の元と思《おぼ》しき部屋に、3人の研究者が集まっているのが見えた。


「……ごめんなさい、失敗です」

「気をつけろよ。その試料は最近、貴重品なんだからな」

今の爆発は、ただの実験失敗が原因だったようだな。

どうやら彼らが実験に使っていた試料は貴重品のようで、それを無駄《むだ》にしたことで研究者が怒られている……といった雰囲気だ。

まあ、普通の研究機関って感じの会話だな。

「申し訳ございません。しかし、これは必要な実験であり、試料を使うことは『上』にも承認を受けています」

怒られた研究者は爆発で粉々《こなごな》になったビーカーを掃除しながら、そう弁解する。

どうやら彼が使っていた試料は、使うのに許可が必要なようだ。

まあ、大した情報ではないな。

「それは理解している。だが試料を使う以上、失敗はできる限り避けたほうがいい。……試料の入手が難しくなった件は、お前も知っているだろう?」

「はい。オーメン帝国が、奴隷《どれい》の扱いに関する規制を強めた件ですね。だから今までみたいに潤沢《じゅんたく》には使えなくなると……」

ん？

試料の話に、奴隷が関係あるのか……？

これは……なんだか怪《あや》しげになってきたな。

「ああ。そういうことだ。……全く帝国の奴《やつ》ら、余計なことをしやがって……」

「規制が強まった理由の一端は、『研究所』にあるのかもしれませんけどね。イビルドミナスの件で使う試料の確保は、少し派手にやりすぎました」

……イビルドミナス。

このタイミングで、その名前が出るのかよ……。

イビルドミナスの件で試料を使った、という話が出るあたり……この『研究所』がイビルドミナス島の呪《のろ》いを作ったという推測は、合っていたようだな。

「……まあ、そういうこともあるかもしれないな。だが重要なのは、試料が手に入りにくくなったってことだ。今は他の供給ルートを探しているみたいだが、それが成功するまでは節約する必要がある」

「はい。実験には気をつけます」

「ああ。気をつけろ。『試料』の材料になりたくなければな。……今はボスの機嫌が悪いから、特に慎重《しんちょう》に動いたほうがいいぞ」

そして、この会話の流れからすると……『試料』とやらの材料は、人間だよな。

どうやらこいつらが『救済の蒼月』と同類だということは、間違いがないようだ。

レイスは最近、人間が『研究所』に運び込まれることはなくなったと言っていたが……それはただ単に、別の場所でやるようになったというだけの話だろうな。

生贄だの人体実験が必要なものは帝国で作り、それを『研究所』に持ち込んで実験をするようになったので、『研究所』では人間を扱わなくなったということだ。

……この『研究所』が帝国のすぐ近くにあるのは、それが理由か。

帝国から持ち込む『試料』を使う研究所は、帝国の近くにあったほうが便利だというわけだ。

「ところで、ボスの機嫌が悪くなった元凶は分かったのか？」

「……イビルドミナスの呪いが解《と》かれた件か？　あれは現在調査中だ。『地母神《ちぼしん》の涙』の採掘部隊の中に、スパイを忍び込ませてある」

採掘部隊の中にスパイか……。

このことを、ギルドか何かに伝えるべきだろうか。

だがスパイがいると伝えたところで、ギルドには何もできない気がする。
スパイを特定する方法が思い浮かばないし、何のヒントもないわけだからな。
それより、この『研究所』を丸ごと無力化したほうが手っ取り早そうだ。

「スパイなんて使わなくても、島には観測設備があったんじゃないですか？」

「全滅だよ全滅。第一次調査の結果だと、イビルドミナス島にはバカでかい……『終焉《しゅうえん》の業火《ごうか》』100発分を超えるような炎魔法をブチ込まれたらしいぜ。笑えるだろ」

……炎属性適性強化付きの『終焉の業火』って、そんな威力だったのか。

しかし、すでにそこまでの情報を摑《つか》んでいるんだな。

この組織、なかなか油断ならないかもしれない。

「100発分？　それは、ええと……ドラゴンでも出たんですか？」

「ドラゴンの魔力は検出されなかったらしい。となれば最有力候補は『人の姿をした悪魔』だろうよ」

「『人の姿をした悪魔』ですか……。しかし、いくら『救済の蒼月』をほぼ単独で潰《つぶ》した化け物といえども、そんな魔法を使えるでしょうか？　……というか、人間には無理では？」

……俺は人間なのだが。

いや、あの魔法は『炎魔法適性』がついたスライムの手を借りなければ出せない威力なので、一応『人間には無理』で合っているのか？

まあ……俺に容疑がかからなければ、問題はないか。

そう考えていると、研究者の男がまた口を開いた。

「人間には無理……そう思うだろ？　実は1人だけ候補がいる」

「候補？　『終焉の業火』１００発分を超えるような炎魔法を撃てる人間に、心当たりが？」

「いや……ないな。だが状況証拠から、怪しい奴がいる。もし人間だとしたら、そいつ以外あり得ないって程度にはな」

そこで男は一旦《いったん》、言葉を切り……その名前を告《つ》げた。

そう、俺の名前を。

「スライムのテイマー、冒険者ユージ。あり得ない現状が起こった場所には、必ず奴がいる……」

どうやら『研究所』の情報収集力は、本当に侮《あなど》れないようだ。
これは……絶対に放っておくわけにはいかないな。

あとがき

はじめましての人ははじめまして。前巻や他シリーズ、漫画版などからの方はこんにちは。進行諸島《しんこうしょとう》です。

本シリーズもついに10巻！　2桁の大台です。

アニメ化企画も順調に進行中で、皆様にお見せできる日が待ち遠しいです。

ここまで来ることができたのは読者の皆様のお陰です。本当にありがとうございます。

さて、今回もあとがき短めなので、早速シリーズ紹介です。

本シリーズは、異世界に転生した主人公（と、その仲間のスライムたち）が、自分の力の異常さをあまり自覚しないまま無双《むそう》する作品です！

9巻までお読みいただいた方はおわかりの通り、本シリーズの軸《じく》は主人公無双です。

その軸は9巻まででも、この10巻でも、1ミクロンたりとも動いてはいません！

具体的に主人公のユージたちがどう無双するのかは……ぜひ本編でご確認いただければと思います。

続いて謝辞《しゃじ》を。

本編を書き下ろす際などにアドバイスを頂き、またアニメ化に伴って増える膨大《ぼうだい》な確認作業をサポートしていただいた担当編集の方々。

9巻までに引き続き、素晴《すば》らしい挿絵《さしえ》を描いてくださった風花風花《かざばなふうか》様。

漫画版を描いてくださっている彭傑《ポンジェ》先生、Friendly Landの方々。

それ以外の立場から、この本に関わってくださっている全ての方々。

そしてこの本を手にとってくださっている、読者の皆様。

この本を出すことができるのは、皆様のおかげです。ありがとうございます。

11巻も、そしてアニメも、面白《おもしろ》いものをお送りすべく鋭意《えいい》製作中ですので、楽しみにお待ちください！


最後に宣伝《せんでん》です！

今月は本シリーズのコミック14巻が同時発売です！

興味を持っていただけた方は、ぜひコミック版もよろしくお願いします！

それでは、また次巻で皆様とお会いできることを祈って。

進行諸島

GAノベル

転生賢者の異世界ライフ 10
～第二の職業を得て、世界最強になりました～

2021年11月30日　初版第一刷発行

著者　進行諸島

発行人　小川 淳

発行所　SBクリエイティブ株式会社
〒106-0032　東京都港区六本木2-4-5
03-5549-1201　03-5549-1167（編集）

装丁　AFTERGLOW

印刷・製本　中央精版印刷株式会社

ISBN978-4-8156-1258-0
Printed in Japan

ファンレター、作品のご感想をお待ちしております。

〒106-0032　東京都港区六本木 2-4-5
SBクリエイティブ株式会社
GA文庫編集部 気付

「進行諸島先生」係
「風花風花先生」係

本書に関するご意見・ご感想は
下のQRコードよりお寄せください。
※アクセスの際に発生する通信費等はご負担ください。

https://ga.sbcr.jp/

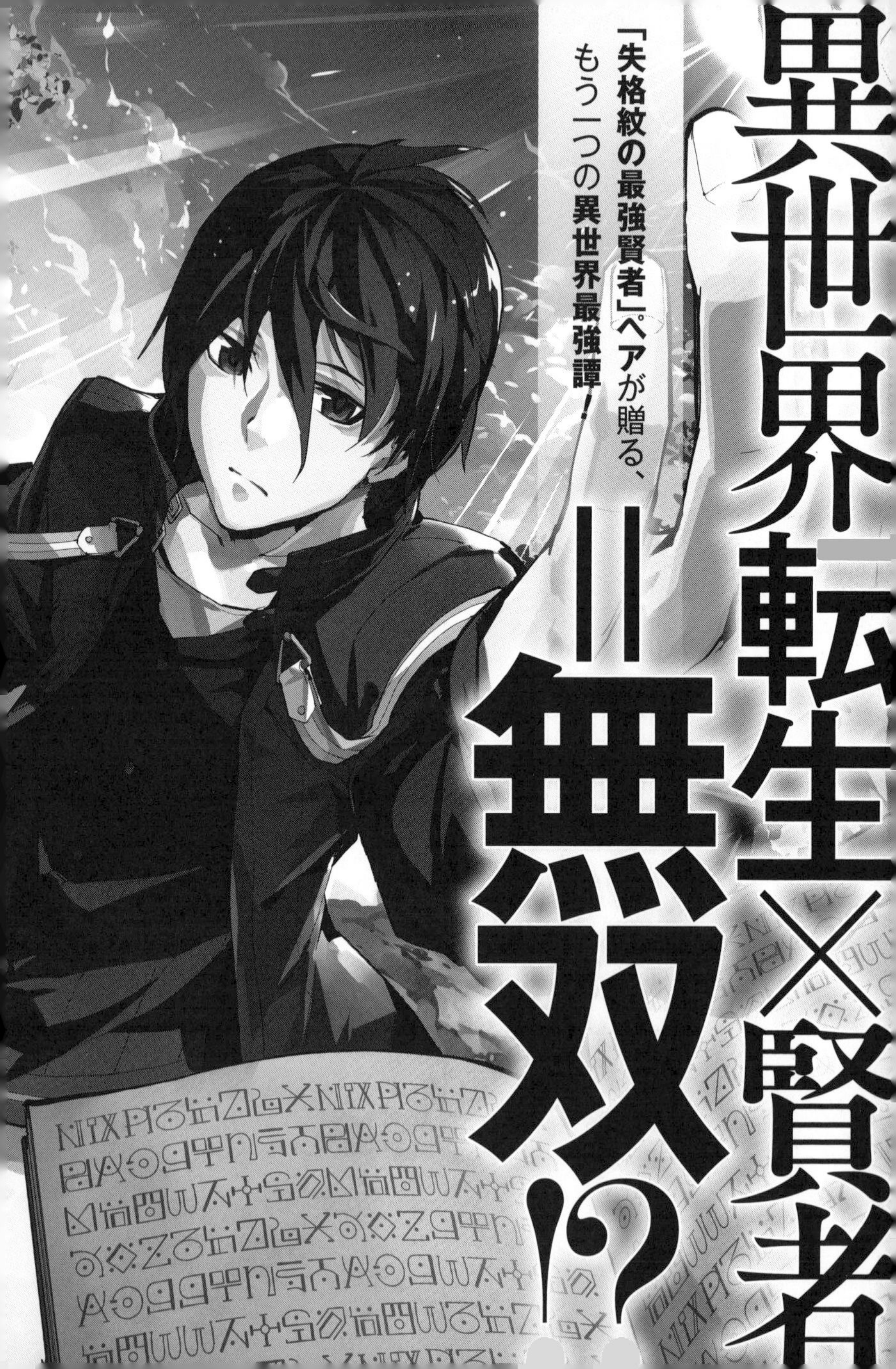

異世界転生×賢者
＝無双!?
「失格紋の最強賢者」ペアが贈る、
もう一つの異世界最強譚！

マンガUP!
にて
大好評連載中
!!!
転生賢者の異世界ライフ
～第二の職業を得て、世界最強になりました～
原作 進行諸島《しんこうしょとう》 (GAノベル／SBクリエイティブ刊)
漫画 彭傑《ポンジェー》 (Friendly Land)
キャラクター原案 風花風花《かざばなふうか》

試読版は
こちら!